……あれ？
知らないグループに
入れられている……？
CHARACTER NAME
ルル

ねえ、
アタシと遊ばない？
CHARACTER NAME
ナナ

お褒めいただき、
光栄です
エリム

CONTENTS

ベノム3
求愛性少女症候群

城崎
原作・監修：かいりきベア

MF文庫J

口絵・本文イラスト●のう
原作・監修●かいりきベア

◆プロローグ

ずっと、求愛性少女症候群なんてなくなってしまえばいいと思ってた。

だってそのせいで、私は人に触れると具合が悪くなってしまう体になり、人と関わることが億劫になってしまったから。

それは、あの二人と共犯関係を築いても変わらなかった。

人と関わることが怖くなってしまったせいで、結局文化祭の後にも大きな繋がりは出来なかった。

主に関わるのは、ずっと相沢さんたちばかりだ。

このままだと本来なら手に入れられたはずの輝く高校生活が、大したこともないまま過ぎていってしまう……。

虚しいけど、どうしようもないとただ諦めていた。

だからその願いがあんな形で叶えられることになるなんて、思ってもみなかった。

症候群のない世界が、確かに存在していたんだ。

今となっては考えられないし、近しい人に話しても信じてもらえるか分からない。

けれどそこにいる間の私は、人に触れても体調が悪くなることはなかった。

痛くもない、痒くもない、気持ち悪くもない。

普通のことだけど、私にとってはこれまでの日常が大きく変わることだった。

最初は症候群による悩みがなくなったことに戸惑いつつも、嬉しくてただ喜んでいたんだけど……ないほうが自分にとっては苦しいんだと、症候群は自分のことを守ってくれていたんじゃないかと、そう思うようになった。

だって症候群のない世界は、ある意味で私達が失敗した世界なのかもしれないと感じてしまったからだ。

症候群にまつわるあの奇妙な出来事は、私にとって一種の試練だったんだろう。

もしくはあれもまた、何かしらの症候群の症状だったのかもしれない……。

○

その日もいつもと同じ、スマホのアラーム音で目を覚ました。

重い体を動かしながら、ぼんやりとした頭で考える。

なにかを夢に見ていたような気がするんだけど……なんだったかな。

えっと……。

どうしてそうなったのよく分からないけど、私がおまじないをやってたような気がする。

あれは、何を願ってのおまじないだったんだろう。

そもそも、本当に夢だったんだろうか。

やけに現実味があったような、なかったような？

目覚めたばかりの頭では、どうにも判断がつかない。

ひとまずアラームを止めるために、スマホを手に取る。

アラーム音は止んだけど、リビングのほうからは朝の準備をしている音がする。騒がしいと感じてしまうけど、いつものことだ。

私ももう少ししたら、慌て始めるんだろう。

今はまだ、頭がぼんやりしていて慌てることも出来ない。

「……あれ？」

スマホの画面を見てみると、いくつかの通知が来ていた。

なんの通知か分からずにタップしてみると、なんと知らないグループからのメッセージだった。それが何件も届いている。

「な、なに!?　なん、なんで!?」

驚いた勢いで、一気に意識が覚醒した。
よく見てみると、入った記憶のないメッセージグループに所属していることになってい
る。そのせいで、通知が来ているらしかった。
流れる川のように途切れない複数人のメッセージを、困惑しながら眺めてしまう。
これは、一体なんでこうなっちゃったんだろう……⁉
「ルルー。起きてるんなら、早くご飯食べて学校行きなさい」
「わ、分かってるー！」
呼ばれてしまったので、そろそろ行かなきゃいけない。
けれど、手元で起きている出来事を無視するわけにもいかない。
どうしようと悩んだ末に、もしかしたらそういう遊びに巻き込まれているのかもという
気持ちになってきた。
全然関係ない人間を自分たちのグループに招待して、反応を面白がるとか。
そういう……陽キャな遊びだ。
そうでもないと、私がこんな活発に話しているグループに招待されるなんてありえない
だろう。
きっとそうに違いないと、自分の中で納得させる。

とりあえず通知を切って、スルーすることにした。

所属していることはもちろん気になるけれど、すぐに抜けるのもためらわれる。しらけるじゃんとか言って、からかわれたら怖いし……。

いや、そもそも絡まれるのも怖いんだけど。

なんか狙われるようなことしたかな、私？

心当たりが全然ない。普段の動作がそもそもイラつかせてるとかだったらどうしよう。

……いや、それはもうどうしようもないんじゃない？　うう、つらいなぁ。

「ルルったらいつもギリギリに起きるんだから、早く出ないと遅れちゃうわよ」

お母さんが、私の部屋のドアをノックもせずに開けてそう言った。その表情には呆れが浮かんでいて、私は反発するように「分かってる」と強めに返した。

「ああ、もう！」

朝からとんだ災難だよ！

どうして急にこんなことになったんだろう。

まったく分からないけど、とにかく今は学校に行こう。

慌てて制服を着ようとパジャマを脱いで、また驚いてしまった。

「これ、何……？」

自分の手首の周りに、知らない傷がいくつもついている。

まるでハサミかなにかの刃物で傷つけたようだ。浅いものから深いものまでが、並ぶように刻まれている。

そんな傷だらけの両方の手首は、時々裏アカで見かける、目を背けたくなるようなリスカの写真によく似ていた。

「昨日まではこんな傷、なかったはずなのに……」

リスカは分かりやすく病んでることを証明出来るかもしれないと思って、やろうと思ったことはある。

だけど、ハサミで切ろうと思った瞬間に怖くなってやめてしまった。

だって自分の体を傷つけるんだ。

いくら病んでいるっていっても、痛いことは出来そうにない。

そんな私にこんなにいくつもの傷があるなんて、どうして……？

「……寝ている間に、痒くて自分で引っ掻いただけかも」

釈然としないけれど、今はそれどころじゃない。

今度も無理やり自分を納得させて、傷痕を隠すように急いで着替える。

リュックを持って、部屋を出た。

用意されていた朝食を食べ終えて、身支度を整えてから家を出る。

「いってきます！」

いってらっしゃいも聞かずに、扉を閉めた。

スマホの時計を見れば、本当に急がないと間に合わない時間になっている。それは自分がどれだけ朝の出来事で動揺していたのかを物語っていた。

そりゃあ二つもよく分かんない出来事が起きたら、動揺くらいするよ。

仕方ないじゃん！

走ることでなんとか無事に乗れた電車の中で安心していると、ふとさっきのグループのことが頭をよぎってきた。

自分のスマホで確認すると、例のグループでのやり取りは今もなお続いていた。

みんなどうやって、朝の忙しい時間にこんな量のメッセージを送ってるんだろう？

私なんて、流れてるメッセージを眺めているだけでもすぐに時間が経(た)ってしまったっていうのに。

そもそも、何を話しているんだろう？

気になってよく見てみると、内容なんてない話ばかりだった。とりとめもないから、すぐに流れていくのが適切というか、なんというか……うん。

でもこんな内容だとしてもずっと話せる間柄っていうのは、すごいなぁ。

用がないと連絡をすることすら出来ない私にとっては、すごく羨ましく思えた。

たとえ用があったとしても、メッセージを送信するってなるとかなりの勇気いるし。

『今日一回もルル喋(しゃべ)ってなくない？』

あれ？　メッセージに自分の名前が入ってる？

な、なんで？

怖くなって、一瞬でメッセージアプリを閉じた。

だってそうだろう。さっきの人のメッセージは、まるで普段は私も会話に交じっているみたいな言い方だった。

知らないメッセージグループに入っていた上に、そこで発言を無茶(むちゃ)振りされたのだ。

怖くなるのも無理はない。

意味分かんない。どうしよう。

頭をかき乱されている私とは対照的に、電車は定刻通りに学校の最寄り駅に着いた。

憂鬱な気分を抱いたまま、他の人に倣って学校に足を進める。

その間も、頭の中はまとまらないままだ。クラクラする。

あのメッセージグループは、なんなんだろう。

そもそもなんで私が所属していることになっているんだろう。

あの中の人たちと、話したことあったっけ？

アイコンやあだ名が上手（うま）く結びつかないけど、あの陽キャグループであることは間違いないはずだ。

だとしたら、やっぱり私が遊びのターゲットになっているだけなのかも？

さっきの発言の無茶振りだって、からかわれているだけなんだろうな。

なんでそんなのに私が巻き込まれなきゃいけないんだろう。

嫌だなぁ……。

ため息が出る。

ただでさえ朝から原因の分からない傷を見つけて混乱してるのに、これ以上私のことを揺さぶらないでほしい。

「あ、ルルじゃん！」

「えっ」

玄関で上履きに履き替えて教室へ向かうと、明らかに自分の名前が呼ばれた。

けれど誰に呼ばれたのか分からず、そこで立ち止まる。

顔をあげると、普段なら真正面から見ることのない陽キャ女子が私の目を見ていた。

周りには同じような陽キャ女子と男子がいる。

名前は知らないけれど、どの人もなんとなく見たことのある顔をしていた。

多分、廊下ですれ違ったとかそのくらいの……。

みんなが私のことを見ているので、思わず背筋が伸びる。

「おはよー！」

「お、おはよ……？」

普段なら絶対に話しかけられないような集団に、話しかけられてしまった……⁉

なに、なんかの罰ゲーム？

メッセージだけじゃなくて、学校でも？

だとしたら、本当に勘弁してください……。

「ルルったら一回もメッセ送ってこないから、心配してたんだよー？」

「正直風邪かなにかで、ガッコ来ないと思ってたわ」

「俺も俺も。来てて安心したっつーかさ」

「あ、えと、大丈夫、です……」

罰ゲームにしては度が過ぎるほどにこちらを気遣ってくれている雰囲気に、こちらの方が面食らってしまう。

でも、どうして心配されてるんだろう。

話したこともないはずなのに、こんな態度で接してくるのはおかしい。

この人たちは、一体……？

「ねぇ、私たちってどういう関係……？」

おそるおそる聞いてみると、陽キャな人たちは不思議そうな顔をした。

「友達じゃん！」

「そうだよ！　逆にルルったら、なんでそんなこと聞いてくるわけ？　もしかして、何かあった？」

「い、いや、そういうわけじゃ……」

一気に詰め寄られて、たじろいでしまう。

ど、どうしよう。

こんな時って、どうするのが正解なんだろう。

「俺たち、結構一緒に遊んでるよなぁ」

「そうそう。昨日はゲーセンで久しぶりにプリクラ撮ったし。それこそ新しい機種入っててテンション上がるってルル言ってたじゃん」

ぷ、プリクラなんて久しく撮ってないのに……。

「このルルの表情からすると、お前が振られてるだけなんじゃね？　……まぁ、友達じゃなくなりたいっていうんなら話は別だけど？　俺はもっと前から、ルルと個人的に仲良くなりたかったし」

「あ、抜け駆けズルいぞ！」

「ルルさ、今度二人で遊びに行かない？　俺オススメのカフェがあるんだよね」

それに、男子に名前呼ばれたのなんていつぶりだろう……。

まずこんな風に話しかけられたことが久しぶりかもしれなくて、目線がよく分からない方向をさまよってしまう。

「うわっ、肉食系ー」

「このグループでそういうのやめよって言ったじゃん」

「そんなん分かってるよ。でもルルの冗談がキツイから、場を和ませようと思って。なぁ？」

「全然和んでないんですけど？」

「お詫びに今度そのオススメのカフェ連れてってよ」

「いやー、あの店はデートとかで行きたいから無理」

「はぁ？　彼女もいないくせにー！」

次々と目の前で繰り出される言葉に、頭が追いつかない。

ど、どうしてこんなことに？

この人達は友達だって言ってるけど、私からしてみれば名前も知らないし会話すらしたことない。それなのに、なんでこんなことになってるんだろう。

そこまでして私をからかいたいのかな？

だとしたらものすごく悪質だけど……さっきこちらを心配してきた様子を見るに、そんな感じはしないような気もする。

いや、あそこで油断させて後で思い切り笑いものにするつもりかもしれない。

全部演技なのだとしたら、それはありえる。

とりあえずわけも分かんないし今すぐこの場を離れたいけど、足が動かない。

どうすればいいのか分からずに、立ち尽くしてしまう。

「ね、ルルも行きたいよね？」

そこで、女子の一人に肩に手を回された。

え、そんな。ヤバい……！

思わず体をこわばらせて痛みに耐えようとしたけど、いつまで経(た)っても痛みはこない。

「……あれ？」

いつもならどこかしらが悪くなっているはずなのに、肩もお腹も痛くならない。

久しぶりのなんでもない感覚に、むしろ違和感を覚える。

「なに？　本当に食べられるとか思った？」

固まっている私の頭に、まるで食べるかのように両手を添えてくる。

それでも痛くならなくて、内心ではちょっと喜んでいた。

けれど現実がそれどころではないので、ただただテンパるしかない。

「あー、この子ならそういうことしちゃうかも」

「どっちが肉食系だよ」

「やめとけよ、ルル困ってるだろ」

「じょーだんだってばー」

楽しそうに笑う陽キャの人たちに合わせて、私も出来る限りの作り笑いをする。

この場においては、そうする以外ないと思ったからだ。

今の状況が理解出来なくて今すぐにでも逃げ出したいことには変わりないけど、ここで和を乱して「は？　ノリ悪」とか思われる方が怖い。

笑いものにされるより、ずっと良くない展開だろう。

だって完全に、向こうはこちらを知っているようなのだ。なのに知らないって言って拒絶するような度胸は、私にはない。

「でもさ、マジでルルはなんで返信してこなかったの？」

「いやー……」

まさか身に覚えがないメッセージグループだったから触れないほうがいいと思って、とは言えない。

なんて答えればいいかな？　下手なことは言わないようにしないと。

陽キャグループの人たちの視線を受けながら、必死に頭を回転させた。

「ちょっと寝坊して、今日の朝は忙しくてさ……」

結局、そのくらいしか言葉が出てこなかった。

まぁ、間違ってるわけじゃないし、いいよね……。

「あーね、朝って準備めっちゃ大変だもんね」

「ありえん眠いしね」

納得してくれたようで、ひとまず安心する。

「で、でも皆はメッセージいっぱい送っててすごいね」

「いや、もう手が勝手に？　みたいな」

「依存症入ってるまであるかも」

「あはは、かもかも」

陽キャの人たちは明るく話してるけど、私の心中はそれどころじゃない。

このまま話しててていいんだろうかという不安が、頭をよぎる。

だって、いつ笑いものにされるか分からないままなんて怖いし……。

それに、他の人からはどう思われてるんだろうか？

変な風に見られてたりしないかな？

今は周りの視線から嫌な感じはしないけど、内心ではどう思われてるか分からないし、ちょっと怖い。

場違いの陰キャがとか思われてそう。それはそれで嫌だなぁ……。

そこで、先生が教室に入ってきた。

陽キャグループは自然と解散して、それぞれ自分の席に戻っていく。

それを見送って、自分も席についた。

少しホッとする。

「はい、皆さんおはようございます。今日も元気よくいきましょう」

いつも通り先生が挨拶をして、出席を取り始める。

名前を呼ばれるたびに、生徒が返事をしていく。

それが相沢さんのところに来た時に、私の心臓が大きく跳ね上がった。

昨日まで一緒にお昼を食べていたはずの相沢さん。

相沢さんは、変わらずに同じクラスにいる。

けれど、一瞬目が合ったにもかかわらずニコリともしてこなかった。

いつもなら授業中であっても、目さえ合えばニコリと笑ってくれるのに。

まるで関わったことがないみたいに、すぐさま目線を逸らされた。

どういうこと？

友達だった覚えがない陽キャな人たちから友達だと言われ、関わりのあった相沢さんからは笑顔を向けてもらえない。

それだけじゃない。

人と触れ合っても、痛くもなんともならない。

さっきも自分の席に戻っていく陽キャの子と手がぶつかったけど、今のところ腹痛も頭痛も痒みもなにもきていない。

なのに、手首には身に覚えのない傷が沢山ある。

こんなに沢山ついていたら、流石の私も寝ていたって気がつくはずだ。

無意識に、こんなに多くの傷を作ることはないだろう。

それにやっぱり、何度も見て確信した。

この傷は、引っ掻き傷じゃない。

明らかに、刃物が用いられている。

こんなに沢山の傷を自分につける度胸は、私にはない……。

それなのに、何度確認しても傷は無数に手首にある。

傷は最近できたようなものからちょっと前までかさぶたがあったようなものまで様々で、とても一日でつけられるようなものじゃない。

どう考えたっておかしい。

現実とは思えない状況に、手の甲をつねってみる。

痛い。

そうであってほしいと思ったけれど、どうやら夢でもないようだ。

じゃあ……もしかしたらこれは、新しい症候群だったりするんだろうか？

別の症候群にかかるなんて話、聞いたことない。

けど最近だと、わざわざ積極的に調べようと思ってなかった。今は求愛性少女症候群もしぶとくなって、こんなことが起きてるんだろうか？

だとしたら、最悪なんだけど……。症状が軽減するんじゃなくて変化するなんて、どうしてそんな不幸ばっかり起きるの？

意味が分からない……。

自分の身に起きた理不尽が気になり、鞄の中にスマホを入れたまま検索してみる。

すると、求愛性少女症候群の検索結果は一つもないようだった。

代わりに、調べたかったのはこちらのワードではないですか？と別の言葉が提案される。

え？　なに、これ？

どうして、何も引っかからないんだろう。

いくら症候群のニュースが少なくなってきたとはいえ、調べても何もないなんてありえない。前に二日に一回くらいのペースで放送されてた特番の一つや二つくらい、引っかかってもいいはずだ。

出典が全然なくて信憑性のない病状と、カミングアウトしている有名人をまとめたページもあったはずなのに、それすらもないなんて……。

もしかして、私が症候群のない世界を願ったから？

ふと私の頭に、そんなことが思い浮かぶ。

だから、願った通りに症候群のない世界に来てしまったとかなんだろうか。

……いやいや。いくらなんでも、それはありえない。

だってそんなの、アニメや漫画でしか起きないような出来事だ。

そんなことが起きてるんなら、もうなんだってありになってしまう。

現実はそんなに自由じゃないはずだ。

そうでしょ？　え、そうだよね……？

必死に否定しようとはするけれど、身に覚えのない出来事が多すぎて、もしかしたらそうなのかもしれないと思えてくる。

そもそも症候群だって、冷静になって考えてみれば現実味がない。

あれこそ、アニメや漫画で起きるような出来事だ。

それが起きてるんだから、こういうことだってあるのかも……？

だとしても、傷がつくってのは最悪だ。

今のところ痛くはないけど、見る度に心がすり減るような気がする。

自分で傷つけたんならそれは自分の責任だし割り切れるけど、得体の知れない傷は不気味で怖い。

ああ！　もう！

ここが静かな教室じゃなかったら、思いっきり叫んでいたかもしれない。

それくらいわけが分からなくて、全然頭がついていかない。

ここは、本当に症候群のない世界なんだろうか?

だとしたら、どうして私の体には傷があるんだろう?

症候群がなくても、私の高校生活は自傷行為をしてしまうほどのものになってしまうんだろうか……?

そんな高校生活、きっと最悪だ。

今のところそんな要素は見られないのに、どうしてなんだろう。

誰か、私に教えてほしい。

◇朝の非日常

いつもと同じ、スマホのアラーム音で目を覚ました。

画面を見るのは億劫だから、手だけを伸ばしてアラームを切る。

……なんだかいつもと違う感覚がするけど、なんなんだろう。

重い体を動かしながら、ぼんやりとした頭で考える。

うーん……？

口の中が、ちょっぴり甘いかもしれない？

これって、なんの甘さだろう。昨日は寝る前にお菓子なんて食べてないのに。そもそも食べたとしても、ちゃんと歯磨きするっていうのに。

「……あ！」

そういえば、ちょっとしたツテで知り合った人にもらった元気の出る薬を、おそるおそる飲んだんだった。

今の状況を見るに、飲んだ後にそのまま意識を手放してしまったらしい。

こんなことになるかもしれないと思って、寝る前に飲んでいて良かった。

……いや、良くはないか。

見る限り、なんにも変わってなさそうだし。

ただよく分からない薬で、意識を失ってしまっただけだ。

こうなったのは相手の口車に乗せられてしまったのもあるし、意味の分からない薬に頼ってしまうほど現実に不満があるっていうのもある。

そんな現状が少しでも良くなればと思ったんだけど、そう上手(うま)くはいかないよね。知ってた。

ベッド脇に置いていた小瓶を見つめる。

出処(でどころ)が怪しいにもかかわらず丁寧な説明書があって、一度に飲むと大変なコトになるので用法用量を守って飲むようにと書いてあったのを思い出す。

守らずにごめんなさいと心の中で謝ったけど、一体誰に何を謝っているのかは分からなかった。

そろそろ起きて、グループにおはようのメッセージでも送らないと。何を言われるか分からないし。

ゆっくりと体を起こして、嫌々ながらスマホを手に取る。

画面を見てみると、一件も通知が来ていなかった。

「……え？」

いくらなんでも、そんなはずはない。

だって、あのグループはほとんど四六時中くだらないことを話して盛り上がっているはずだ。

それなのに、どうして？

……いや、一回落ち着こう。

もしかしたらアプリのバグかなにかで、通知が来ていないだけなのかもしれない。

うん、きっとそうだ。

あのグループがこの時間に喋ってないだなんて、たとえ地球が滅びる前日だとしてもありえない。

アプリを開いて、改めてメッセージを確認する。

けれど新たなメッセージがあることを示す赤い文字は見当たらなかった。

どころか、あのグループの名前も見当たらない。

え、消去……!?

そんなまさか！

恋愛関係でグループ内がごたついたときですら、消さなかったっていうのに。

今更どんな理由でも、消すだなんて思えない……。

まさかハブられた？　確かに最近は愛想笑いが増えてたかもしれない。そうだとしても彼女たちなら、まず最初に私に文句を言ってくるはずだ。

それなのに何も言わないままハブるなんて、らしくないっていうか。

そう思ってよく見てみると、そもそもいつも話している陽キャの人たちの名前が友人一覧になかった。

代わりかのように、別の人の名前がいくつか登録されている。

「……相沢さんと、田中さん？」

その名前には、見覚えがある。

確か、クラスが一緒だったはず。分かりやすく陰キャの二人で、いつも一緒に教室の隅っこにいるところを見かけていた。

けど話したことなんてないはずなのに、どうして友人一覧に登録されているんだろう。

よく見てみると、トークの履歴もある。

うわ、私がその日になんの課題があったか聞いてるのもある。

全然身に覚えなんてないのに、本当に私が話してるみたいなメッセージだ。

こんなの昨日まではなかったはずなのに、いきなりどうして……？

「ん？」

そこで、スマホの下に位置しているパジャマの袖口から私の手首が見えた。

その手首は、とてもきれいなものだった。

「……え⁉　嘘でしょ⁉」

私の手首にあるはずの傷が、一つもない。

かさぶたをつついたらまた血が出てきそうな深い傷も、ただ白く線のような痕になっていただけの傷も、全部が全部なくなっている。

スマホを持っていないほうの手首を確認しても、傷一つないきれいなものだった。

そうか。最初に感じた違和感は、これだったんだ。

傷が冷たい空気に触れる感覚がなかったから、変に思ったんだろう。

……いつぶりかな。

こんなにきれいな自分の手首を見るのなんて。

「……キレー」

傷つけては反省して、また傷つけてを繰り返しているから、傷がないときなんて滅多になかった。

そのせいか、なんだか自分の手首じゃないみたいに思える。

これがわずらわしい現実からバイバイ出来るっていう、薬の力……？

だとしても、どういう原理なのかがまったく分からない。

手の傷が治る速さだっておかしいし、メッセージアプリの友人一覧がまったく違うものになっているのはもはや不気味としか言いようがない。

これじゃまるで、別世界にでも来たみたいだ。

いくらなんでも、そこまでは望んでないんだけど……。

もうちょっと静かに暮らしたいって、願っただけなのに。

「ルルったらいつもギリギリに起きるんだから、早く出ないと遅れちゃうわよ」

お母さんが、私の部屋のドアをノックもせずに開けてそう言った。

その表情には呆れが浮かんでいて、私は反発するように「分かってる」と強めに返した。

「ああ、もう！」

朝から憂鬱だ。

メッセージがないことに一瞬だけ安堵したけど、それどころじゃなかったみたいだ。

いや、中身のないメッセージを送らなくていいっていうのは気が楽だけど、それにしたって分からないことが多すぎる。

災難だ。

急いで制服に着替えて、リュックを持って部屋を出た。
用意されていた朝食を食べ終えて、身支度を整えてから家を出る。
「いってきます！」
いってらっしゃいも聞かずに、扉を閉めた。
スマホの時計を見れば、本当に急がないと間に合わない時間になっている。
けど、走ればなんとかなりそうだ。
息を切らせながら走って、なんとか電車に間に合った。
「はぁ……」
電車内で、思わずため息が出る。
朝からよく分からないことばっかり起きて、頭が混乱しっぱなしだ。
でも、それは薬のせいにするには無理がある出来事ばかり。
めちゃくちゃだって言ってもいい。
だとしても、薬を飲んだこと以外に原因なんて思い浮かばないし……。
こんなことになるんなら、薬なんて飲まなければ良かった！
っていうか、怪しさ満点だったじゃん？
なんで信じて飲んじゃったんだろう、私。

追い詰められてたとしても、薬なんて一番関わっちゃいけないやつなのに。

たまたま意識を失うだけで済んだけど、それどころじゃなくなってた可能性もあるわけだし……。

「……あは」

そこまで考えて、リスカに手を出している人間がそんなことを心配するなんてバカみたいだと我に返った。

いつ病院送りになるかも分からないようなことをしているんだから、今更だ。

それよりも、学校に行ったらどうなるんだろう。

メッセージアプリ上では陽キャの人たちと関わっていた痕跡が消えていたけど、もしかして現実でも消えちゃってるんだろうか。

学校で出会っても、話しかけられない、とか。

……それはちょっと、いやかなり魅力的かもしれない。

だけどそうだったら、本当にここは異世界なんだって確信が強くなる。

なんか最近そういうの流行ってるらしいし。よく分かんないけど。

っていうか、こんなに元の世界と似ている世界があるんだ。

少なくとも朝に見た限りでは、家族はみんないつも通りに見えた。

家を出る順番も、変わらなかったし。そもそも家の位置も、乗る電車も変わってない。

あ、夢って自分が見たことあるものしか映さないっていうし、もしかしたら夢なのかも。

それなら、もっと大きく違っていたら面白かったのに。

たとえば、私がとんでもない美人になってるとか！

……自分のことなのに、全然そんなことになる気がしない。

スマホの黒い画面に映る自分の顔から目を逸らすために、ＳＮＳの裏アカを開いた。

夢だっていうのに嫌なくらいハッキリしたタイムラインを眺めているうちに、電車は学校の最寄り駅に着いた。

メッセージアプリは大きく変わっていたっていうのに、裏アカは何にも変わらないのがなんとなく気持ち悪い。フォローしてる人は、大体一緒だからなのかな……？

ここにきて、あんまりフォローしてきた人のことを気にしてなかったことに気が付いた。

露骨なステマじゃない限り、全員似たようなものだし。

ただ数日前にしたはずの自分の呟きが消えていることだけは分かる。

でも、何を呟いたかは忘れてしまった。

もしかしたら覚えてないだけで、自分で消したのかもしれない。

駅から学校までを歩く。この道も、なにも変わらない。

そしてなんとなく視線が、陽キャっぽい人たちのほうに向いてしまう。

結局今日は、彼らに話しかけられるんだろうか。どうなんだろう。

いつもみたいに話しかけられるのも嫌と言えば嫌だけど、話しかけられないのも……。

うーん……。

すぐには嫌だと言えない辺りが、彼女らとの関係に私が限界を感じている証拠なんだろう。

話しかけられないっていうのは、やっぱり魅力的だ。

疲れた頭で一生懸命面白い話を考えたり、大して面白くもない話にウソで笑ったりしなくていいんだから。それにいつも、どれだけ力を入れてるか。

勉強よりもずっと頑張っているって言っていいだろう。

……勉強のほうを頑張ったほうが絶対いいって、分かってるんだけどな。

そんなことを考えているうちに、昇降口までたどり着いていた。

上履きに履き替えて、教室に向かう。

「……」

誰にも話しかけられることなく、自分の机まで来てしまった。

話しかけられないのは魅力的だと思っていたのに、どうしてこんなにモヤモヤとしているんだろう。

自分の心なのに、矛盾していて気持ち悪い。

「おはよう、ルルちゃん！」

「お、おはっ……!?」

いきなり背後から声をかけられて、思わず肩を震わせる。

「あ、ごめん、驚かせちゃったかな？」

声をかけてきたのは、相沢さんだった。

普段なら私が陽キャなグループに属しているせいか、用事で話しかけても目線が合わなかった記憶がある。

その彼女が、今は笑顔で私のほうを向いている。

その笑顔からは、私に対する親しみが感じられた。

「じゃあやっぱり、ここは……」

私がいた世界とは、違う世界なのかもしれない。

……そんなことある？

「ん？　どうしたの？」

なんでそんな意味分かんないことに、自分が巻き込まれなきゃいけないのか。

私のお小遣いでも買えちゃうようなお薬程度で、こんなにも大きな出来事にあうなんて。

一体誰が想像出来るだろうか。

「……ううん、なんでもない。おはよう、相沢(あいざわ)さん」

あー、もう。どうにでもなれ！

「うん、おはよう！」

返ってきた笑顔は。とても輝いているように見えた。

◆徐々に馴染む非日常

あれから休み時間になる度に、陽キャの人たちに囲まれて話しかけられた。

最初は戸惑ったけど、彼女たちの話はなんだか面白い。

だからいつの間にか私も、一緒になって笑っていた。

頬がちょっと痛いのは、しばらくの間声をあげて笑っていなかったせいだろう。

教室を移動する時も彼女たちと同じ輪の中に自分がいて、不思議な感覚だった。

いつもは人目を避けるため盾のように持っていた教科書の束が、今日は随分と軽く感じた。

そして移動した先である世界史の教室では、彼女らと共に真ん中辺りの席に座った。

ここでもいつもなら端の方に座っていたから、教室の中が新鮮に見えた。

先生のよく分からない軽薄な雑談が初めて面白いと思えたのは、みんなが笑っていたからかもしれない。

でも、授業の内容は全然頭に入ってこなかった。

それもそうだ。今起きていることが求愛性少女症候群によるものなのか、それともそうじゃないのかをずっと考えてしまう。

この傷が、どうしてついているのかを知りたかった。

考えがまとまらないまま昼休みになり、陽キャグループと一緒にご飯を食べた。

流れでいけば、一緒に食べることになるはずだと思っていなかったと言えば嘘になる。

けれど本当にそこまで一緒にいていいのか分からず、お弁当箱を持ったまま机で静止していた。

流石にこの段階になると、原因は分からないけど相沢さんたちと別グループにいることを理解していた。

いや、相沢さんたちから見て私が——というか、サナちゃんたちが遠い存在なんだろう。

私にとっても所詮は遠い存在だしと思って一人で食べようとしていたところ、隣の席の子がサナちゃんを呼んだのだった。

「サナちゃーん、ルルちゃんのこと忘れてない?」

いきなり私の名前が出されて、ビクリと肩が震える。

呼ばれたサナちゃんは自分のお弁当箱を持ちながら、名前を呼んだ子の前に立った。

そして、肩をすくめる。

「いや忘れてるっていうか、なんか今日のルルって様子が変なんだよね。朝から私たちってどんな関係?って聞いてくるくらいだし」

「それマジ?　どうしたのルルちゃん」

「あ、あはは……」

笑いながらこっちに話を振られて、曖昧に笑うしか出来なかった。どう答えても変に思われるだろうし、黙っておくのが正しいはずだ……。

そのうちにグループの皆がなんだなんだというように集まってきて、あっという間に囲まれてしまう。

「んじゃ、いつもの場所行こ!」

開けようとしていたお弁当箱を手に取られながら、もう片方の手で私の手を引かれた。

一緒にいても良かったらしい。

それからは、促されるまま。

いつもの場所というのが私と相沢さん達がご飯を食べていた教室だったことにはドキッとしたけれど、皆の笑い声がそんな考えを吹き飛ばした。

そんなわけで、彼女らの輪の中に入って昼ご飯を食べている。

食事は、会話よりも変に思われないか気を遣った。

おかげで昨日の残り物である唐揚げの味がよく分からなかった。ちょっともったいない。

けれど、この半日を彼女たちと過ごして分かったことがある。

彼女たちからは私を騙してやろうとか、からかってやろうみたいな悪意を感じない。

本当に、私が輪の中にいるのは当然といった風に振る舞っている。

それはさっき声をかけた隣の席の子だけじゃなくて、クラス全体を見てもそうだ。

いつものグループがいつものようにわちゃついてるなぁ、って感じの視線だとしか感じられない。

私にとっては慣れないことでも、みんなにとってはいつも通りなんだ。

どうやらここでは、本当にいつもみたいに症状が出ないらしい。

信じられないけど、ここまでのことを考えるならそうだって認めるしかないだろう。

他人に触れられても痛くないだけじゃなくて、陽キャなグループに所属している。

……正直ちょっと、出来すぎているんじゃないかと思う。

そこまで考えて、自分の手首にある傷が目に映った。

それは制服の下で隠れていても、確かな存在感を私に知らしめる。

出来すぎている状況に相応しくない、痛々しい傷たち。

クローゼットには半袖がなかったし、私は一年中長袖を着ているんだろう。

それはもちろん、学校でも変わらない。

この傷は、どうして出来たんだろう。

……このグループの人は、『私』が傷をつけていることを知っているんだろうか？

それともこれが、新しい求愛性少女症候群なのかな？

「今ここに、ルルの好きなものが決定します！」

「……え!?」

突然名前を呼ばれ、私は慌てて呼ばれた方を向く。

するとサナちゃんが、いつの間にか私の顔を覗（のぞ）き込んでいた。

その顔には、意地悪そうな笑みが浮かんでいる。

ナナには及ばないかもしれないけど、どこか蠱惑的（こわくてき）な感じがする。

「今ね、みんなでルルの好きなものについて話してたんだけどさー」

「ルルちゃんってば全然喋（しゃべ）らないから、俺たちが勝手に決めちゃうよ！」

「す、好きなものを勝手に決めるってなに……!?」

突然話を振られた上によく分からない発言で、私はオタオタしてしまう。

どういう話の流れでそうなったんだろう？

全然聞いてなかったから、何にも分からない。

そんな私を見てサナちゃんたちは更に楽しそうに笑いだして、なんだか恥ずかしくなってきた。

「ほらほら！　早く答えないと、どんどん決まっちゃうぞー？」

「え、えっと……私の好きなものは……」

突然話を振られたこと以上に、最近は好きなものについて考えることがあまりなかったから、何にも答えられそうにない。

最近の私って、何か気になってるものとかあったっけ……？

「好きなものはー？」

「……ね、猫です……」

苦し紛れに、そう答えた。

最近は猫の動画を見て癒やされているから、好きって言ってもおかしくないだろう。

答えた途端、サナちゃんたちが揃って「ぶふっ」と吹き出した。

サナちゃんたちの笑い声につられたのか、隣の教室からの笑い声も聞こえてきた。

「ちょ、待って！　ルルってば可愛い～！」

「いや、可愛すぎるんですけど！」

「う、うう……」

そんなに言われると、顔が熱くなる。

恥ずかしさのあまり、顔を手で覆ってしまう。

「恥ずかしがってるルルも可愛い！」

「そんなに言わないで……」

それからも散々いじられ続けて、昼休みが終わる頃には少し疲れてしまっていた。

でも、楽しい時間だった。今までの私の生活からは抜け落ちていた楽しさを、久しぶりに味わえた気がした。だから、ついつい頬が緩んでしまう。

誰かに触っても痛くない世界でこんな風に人に囲まれて楽しく過ごせるなんて、なんて幸せなことなんだろう。

手首にある傷は、こんな幸せな現実を自分が生きていていいのか分からなくってつけてしまったものかもしれない。

きっとそうだろう。私はそう思い込むことにした。

○

「ただいまー」

家に帰って真っ先に部屋へ行き、ベッドに横になる。

制服がシワになるかもしれないけど、今はそんなことに構っていられない。

もうヘトヘトだ……。

人と話すのって、こんなに疲れるものだったっけ？

中学校までは今日くらいの会話なんて毎日してたはずなのに、全然周りのペースに追いついていけなかった。

そのせいか、他の人たちに変な気を遣わせてしまった気がする……。

いや、絶対にそうだ。

だって、みんな私の話には気を遣って笑ってたもん。

気を遣って笑う陽キャな声は、ずっと聞いていたらトラウマになってしまいそうなものだった。

そうなったら、もはや話すどころじゃなくなってしまう。

明日こそ、上手く切り抜けないと……！

……一日話したくらいでこんな風になってしまう今の私に、切り抜けられるだろうか？

うう、不安でしょうがない。

いざ話を振られた時のために、ネットで面白い話とか検索してたほうがいいのかな？

でもなぁ……ああいうのって使い回された話でもあるし、ネット依存を笑いながらとはいえ自称する彼女たちなら知っているかもしれない。そこでまた気を遣わせることになったら悲惨だ。

　でも、自分にまつわる面白い話なんてないし……。

　そこでふと、求愛性少女症候群にまつわるあれこれでモデル級の美少女や、令嬢と関わった過去を思い返した。

　短い期間ではあったけど、すごく密度の濃い出来事だった。

　ものすごく大変だったけど、私の人生で起きた出来事の中では、最も面白い話だって言えるだろう。

「……そうかもしれないけど」

　あそこでのことを他の人に話したら、絶対に怒られるという確信があった。

　それも口が堅い人に話すならまだごまかせるかもしれないけど、サナちゃんたちだったらそうはいかない気がする。いろんなところで、話を広められてしまいそうだ。

　そうなると回り回って二人に伝わる可能性もあるし、やっぱり話すのはやめておこう。

　あの二人に怒られたら、どんな目にあってしまうか分からないし。

　となると、本当に話せることはない。

「何にもない……」

どうしよう。

相槌だけでいいんなら楽だけど、しばらくするとルルは最近あった面白いこととかない？って振られちゃうしなぁ……。

スマホを手にとって、グループ内でのメッセージを振り返る。

内容なんてない会話だけど、もしかしたら何かのヒントがあるかもしれない。

学校終わりには何人かがバイトをしているらしく、今はそんなにメッセージは流れてこない。それだけが救いだ。

……あ、そうだ。

話題を考える前に、やらなきゃいけないことがあった。

今のうちに陽キャの人たちの名前と見た目の特徴と、メッセージのアイコンを一致させておかないと。

今日は名前をちょっとくらい間違えてもそういう『ネタ』として面白がってくれたけど、明日にはそうもいかないだろう。

奇妙な巡り合わせだけど、いざ輪から弾かれるかもしれないって考えると怖い。

出来る限り輪の中にいられるようにしたいと思うのは、きっと彼女たちといると楽しいからだろう。

普段の私みたいに無理しているように感じない、とも言えるかもしれない。

愛想笑いをしたって、楽しくはない。

私だって、楽しく過ごしたい。

そのためにも、なんとかしなくちゃ。

アプリ内にある、グループのメンバー一覧を開く。

入っているのは、私を含めて五人。女子が三人で、男子が二人だ。

女子のうち一人はサナちゃん。アイコンは、上手く決まったであろう自撮り。分かりやすくてありがたい。ＳＮＳや教室内で喋っている内容からして、このグループを引っ張っているのかなと感じた。言い換えれば、気が強いとも言えるかもしれない。男子相手にはバシバシツッコミも入れてたし。

もう一人はユリアちゃん。アイコンは家で飼っているというゴールデンレトリバーの写真だ。写真で見る限りは可愛いけど、どうやらかなり大きくて大変らしい。

彼女もサナちゃんと同じく気が強そうには見えたけど、強いていえばユリアちゃんのほうが優しそうだった気がする。目元とか、そんな感じだったような……？

……うん。考えても今は思い出せそうにないし、次に行こう。

男子のうち一人は、ヒロキくん。アイコンは、鳥のようなマークだ。確か好きなスポーツのチームのエンブレムだって言ってたような気がするんだけど、なんのスポーツだったかは覚えてない。

私はもう、スポーツとは縁のない人生を送るんだろうな……。

そんなこと考えても、しかたないけど。

もう一人は、アキくんだ。アイコンは中学の頃の同級生と撮ったという卒業写真。ヒロキくんもいるみたいで、二人は少なくとも中学から一緒だったみたい。

そんな男子二人の見分けが、なかなかつかない。

これは私が、彼らを直視するのが怖いせいなんだろう。

ここしばらくは男子と関わったことがなかったから、真正面から見つめることが出来ない。

見つめるってことは、向こうからも見つめられるってことだ。

他人と積極的に関わろうとしてなかったんだから、男子相手ならなおのこと。

本当は女子にだって、真正面から見つめられたくないっていうか、なんというか……。

でも男子の区別が出来ていないのは致命的だ。

どちらか一方でも自撮りアイコンだったら良かったのに。

それだったら、簡単に判別が出来ていたはずだ。

まぁ私も自撮りアイコンじゃないから、あんまり強くは言えないけど……。

……よし。覚悟を決めて、明日からはみんなの顔を見て話をしよう。

キョロキョロ目線を逸らして話すのなんて、かっこ悪いし。

「でも、その前に話す話題がないよー！」

思わず声が出る。

結局振り出しに戻ってしまった。

これからずっと話題に悩むなんて、嫌すぎる。

中学の頃は、どうやって話す話題を出してたんだったかな？

うーん……。ほとんどがバレー部にまつわるあれこれだったような気がする。時折、嫌な先生の悪口とか。

そういえば、先生の悪口は症候群の集まりでも話したっけ。あそこでも話せたことだから、いいかもしれない。

なんなら先生を特定しなくても、小テストだるいとか言っておけばいいかな。そのまま四人で、どこまでも話し続けてくれそうだし……。

そこまで考えて、そういうのじゃダメだと否定する。

だってそれじゃあ、以前までと何も変わらない。

せっかく、楽しい人の輪に入れたんだ。

もっとちゃんと馴染めるようにしたい。

スマホで、人とうまく話をする方法を検索する。

どうにかしたい一心での行為は、呼んでも食卓に来ないことで怒ったお母さんが部屋に来るまで続いた。

○

一旦、グループのことを忘れお風呂に入ってのリラックスタイム。

お母さんに怒られたことも、もう忘れよう。わざと反応しなかったわけじゃないし。それくらい集中してたんだから、むしろ褒められてもいいくらいだ。

本人の前で言ったら、お説教が延びるだけだろうから言わないけど。

「ふぅー……」

湯船に浸かりながら、ため息をつく。

落ち着いていると、さっきまでの検索で出てきた会話にまつわるあれこれが次々と頭に浮かんでは消えていく。調べて出てきたものは、そのくらいどれもパッとしないものばかりだった。相沢さん達と話すんならいいかもしれないけど、サナちゃんたち……。

……そういえば、サナちゃんって、気軽に呼んでもいいのかな？

ヤバい、ちょっと不安になってきた。

まぁでも今は、本人に聞かれてるわけでもないしいいか。考えるだけなら、サナって呼んだっていいだろう。

……現実ではまだちょっと、抵抗を感じちゃうけど。

ナナに対しては、すぐ呼び捨てに出来たのになぁ……。

あのエリムだって、呼び捨てしちゃったし。

今思うと、すごいことをした気がする。

あの二人と過ごした時間自体が、ものすごく貴重なことだったのかもしれない。

そういえばあの二人は、今どうしてるんだろう。

私と同じように、二人にも症候群が出てないんだろうか？　だとしたらあの二人も、ちょっと違った日々を過ごしているかもしれない。

……これ以上考えるのはやめにしよう。

とにかく、ネットの記事はあんまり参考にはならなかった。

でもネット記事なんてそんな感じだよね。仕方ない。

唯一気になった記事は、恋愛にまつわるおまじないものだ。

それも恋愛っていうより、おまじないという言葉が心に引っかかる。なにか大事なことを忘れているような……そんな感じだ。

なんだか分からなくて、すごくもやもやする。

そういえば今日の朝にも、おまじないをしてたような夢を見たんだっけ？　だからなのかもしれない。

そこで、自分の傷だらけの手首が目に入った。

いつの間にか出来ていた、無数の傷。

それなのに人に触れても、痛くも痒くもならなくなった私。

「……いや、違う」

そうだ。思い出した。

昨日の夜に私は、おまじないをしたんだ。

最近裏アカで流行っている、求愛性少女症候群をなくす方法というやつを。

しばらく積み重なっていた『求愛性少女症候群がなくなってほしい』という思いを、行動に移したんだ。

けど裏アカで流行っている以上、そんなに信憑性のないものだとも思っていた。

だから、気休めのつもりだったのに。

もしかして、アレのせいで症候群がなくなった？

いやでも、それにしては学校生活までもが一変している。

ホントに、求愛性少女症候群のない世界になってしまったのかな……？

そうなるとあの二人と話したっていう事実も、この世界ではなかったことになっているのかな。それはちょっと、切ない気もする……。

でもあの二人とは友達でもなんでもなく共犯関係ってだけだし、切なくなるのはおかしいのかな。

というか、症候群なんてないほうがいいんだし！

「……」

自分の手首を、まじまじと見つめる。お湯に浸けるのが怖いくらいの傷痕だ。

というか体だったり髪を洗うのにかなり苦戦した。水も痛いけど、泡も痛い……。

これが、症候群がなくなった証なんだろうか。

すごく痛々しい。

でもこの痛みが、症候群がなくなったことを表しているんならそれでもいいと思った。

大体、私の症状自体が痛みをともなうものだったんだ。

ただ人と触れ合うだけで痛くなったり、痒くなったり。

そのせいで人と関わることが億劫になって、心から楽しいって思えることがなくなってしまった。

そんな日々がとてもつらくて、嫌でしかたがなかった。

それに最近だと、症候群で集まった中でなんで私だけ良くならないんだろうって思うことも増えていた。

それが私を、余計にキツくさせていた。

だってそうだ。二人は既に症候群なんて感じさせないくらいの生活を送って、日々を満喫している……ように、私からは見える。

かたや読者モデルで、かたや漫画家見習いのようなもの。キラキラと輝いている日々を送っている二人を、妬ましく思ってしまってもいた。

もしかしたら自分に才能がないからなのかもしれないと、何度も思った。

だからこんなにも、苦しい日々を送らなきゃいけないんだろう……そう思えば思うほど、自分の中にドロドロした暗い感情が積もっていくのを感じていた。

その末に実行したおまじない。その効果はとんでもないものだ。

今日はサナちゃんたちに頻繁にボディタッチをされたけど、全然痛むことはなかった。

思い切って私の方から手を伸ばしてみたけど、それもなんともなかった。

むしろ返ってくるみんなの笑みは、私にもっと触れていたいと思わせてくれる。

って思うとなんか変態みたいだけど、そういうわけじゃないし……。

ただ単に手を繋いだりしたいってだけだ。うんうん。

「症候群なんて、もうないんだから……」

心の底から、そう思える。

私は、この現状を喜ぶことにした。

症候群もなくなって、楽しい陽キャなグループに入っている。

まさしく私が望んでいたことだ。こんな状況、喜ばないとおかしい。

小さくガッツポーズをとって、喜びを表す。

やっぱり顔はあんまり笑えている感じはしないけど、これから笑えるようになっていけばいいだろう。

きっと、これから色々と良くなっていくはずだ。

私にはそうであってほしいと、願うしかないけれど……。

ひとまず、明日からあのグループで楽しくやっていこう！

○

「そ、そうだよね！　私も毎回そう思っててさ！」

「マジ分かるわー」

もしかすると今日は、いい感じかもしれない……！

内心でそう思う、次の日の放課後。

皆で机を囲んで、お菓子を食べながらだべっていた。

高校生になってからの放課後には、特に何もなければまっすぐ家に帰っていた。だから
こんなことは今までなくて、ちょっとドキドキしていた。

それには、高校生っぽいことをやれているという高揚感も交じっている。中学校までは
だべれてはいたものの、お菓子は持ち込み禁止だったし……こんな高校生っぽいこと、し
てもいいのかな？

いいよね！

それに今日のここまでの会話の流れだと、結構うまく話せてるんじゃないかと思う。

ちゃんと名前と顔も、一致した気がするし。

「今日の西村（にしむら）の出す課題、かなりヤバくない？　どうする？」

「量がとんでもないから、土日かけても終わらなそう」

「それな」

やっぱり先生の悪口はどこのグループでも、上手く話題として機能してくれるらしい。

「今からチャチャチャッとやっちゃえばいいじゃん」

「チャチャチャッととか無理！　代わりにやってよー」

「いやいや、そんなことしないから。教えるくらいはするけど」

「マジ？　ラッキー！　みんなやろ！」

誰も否定する理由がなく、そのままみんなで課題をすることになった。

プリントの束を机の上に出して、問題を解いていく。

教える側になったアキくんがみんなの様子を見ながら、時々分からないところがあった子に教えている。

アキくんはテストでも優秀みたいだから、これだけの課題が出ても余裕を持って人に教えることも出来るんだろう。

それも努力っていうより天性の才能って感じがするから、羨ましい。

「っていうかお金持ちだったら、執事とかメイドとかがやってくれたりするのかな？」

ヒロキくんがアキくんに教わりながら、そんなことを言う。

お金持ち、メイド。そんな言葉が引っ掛かりながらも、課題を続ける。

「どうだろ？ もしかしたら、半々くらいかも」

「やってる人とやってない人がいるってこと？」

「そうそう。エリムさんなんかは、令嬢でも驕らずにやってると思うけど」

エリム！

「あーね！ やってそう！」

急に知っている人の話題を出されて、心臓が飛び跳ねるように高鳴った。

ドキドキしているのを悟られないように、問題と向き合う。

それなのに運悪くよく分からない問題に当たってしまった。タイミング最悪だ。

どうしようかと思っていたら、更に衝撃的な言葉が聞こえてくる。

「そういえば、エリムさんどうしたんだろ？ 最近ずっと学校来てないよね？」

学校に、来てない？

あのエリムが？

そんなまさか……。

「エリムさんって、あの令嬢の？」

思わず、課題から顔を上げて口を開いていた。

「そうそう！　あの、いかにも近寄りがたい雰囲気をめっちゃ出してた子。もう二週間くらい見てない気がするくない？」

「た、確かにそうかも……」

「なんか話題になっててもおかしくなさそうなのにね、令嬢だし」

内心の動揺を悟られないように、私は話を合わせる。

もう二週間も来ていないなんて、かなり大きな問題じゃ……？

エリムは己の境遇を嘆きながらも、学校に来ないなんてことはしないはずだ。

それはきっと世界が変わっても変わらないと思ってたんだけど、そうでもないんだろうか？

私がいた世界のエリムは、そのせいで家に帰れなくなったこともあるくらいなのに。

それなのに、どうして？

でもニュースになってないんなら、ひとまず事件性はないと考えていいのかな？

安心してもいい？

そうだと嬉しいけど、ただ公表されてないだけってこともある。

向こうでのエリムの呟きを見ている限り、両親は世間体を気にする人たちらしい。

だったら、そのためにエリムが蔑ろにされてるんじゃ……？

その可能性を考えたくはないけれど、ない話でもないだろう。

そう思うと、かなり怖くなった。

事件の可能性も、なくはないかもしれない。

令嬢だってことで誘拐されてるだなんて考えたくないけど、可能性はあるだろう。

違うエリムだと分かっているとはいえ、共犯関係になってからほどほどに話していたこともあってかなり心配だ。

っていうか、関わったことのある人が事件に巻き込まれているなら他人事じゃない気がしてきて怖い。

「ルルは何か知ってる？」

「いや、何にも知らないかな……。どうしてるんだろう、ね？」

今のこちらは、向こうと同じく文化祭が終わった時期だ。

エリムは文化祭でパンフレットの表紙を担当していたから、こちらでも漫研に入っているかもしれない……？　入っているんなら、そこに知っている人もいるかもしれない。

向こうでのことがどれだけ役に立つか分からないけど、確かめてみる価値はあるだろう。

「彼女の行方、私は知ってるよ！」

急にスマホから顔を上げた前の席の子が、こちらの会話に加わってくる。

今まで真剣にスマホを眺めていたから、本当に急な発言にみんなビックリする。

けど今は、エリムの行方を知っていることのほうが気になる。

私の手からは、いつの間にかシャーペンがこぼれ落ちていた。

「え、マジマジ？」

「知りたい？」

ニヤニヤとこちらをうかがうような視線に、私は息を呑む。

「うーん、そんなでも……」

「し、知りたい！」

私は自然と前のめりになって、声をあげていた。

かなり大きな声になってしまったようで、周りから視線を集めてしまった。

視線が痛い。

それでも、聞かずにはいられなかった。

偶然とはいえ、世界が違うとはいえ、話したことのある仲なのだ。

無事であってほしいと思うし、そうじゃなくてもどうなっているかは気になる。

「そ、そんなに知りたいの？　ルルって、エリムさんと接点あったっけ？」

サナちゃんをはじめとしたみんなに困惑した顔で見られて、思わずドキリとする。

ヤバい、和を乱してしまった。

せっかく溶け込もうとしてたのに、よくないことだ。

けれど、ここで知らなきゃずっと後悔する気がした。

「接点はないけど……お、お嬢様の行方って気になるじゃん⁉」

出来るだけ違和感のない言い訳を咄嗟に考えて、顔に笑みを浮かべる。

そう言うと、サナちゃんは吹き出した。

「ルルがゴシップ好きなんて知らなかった！」

「マジマジ。でも気になるっちゃ気になるしな！」

そんな感じで、納得してくれたみたいだ。

みんなもなんだかんだ言って、気にならないと言えば嘘になるんだろう。

エリムが目立ってる子で良かったかも。

「お目が高いよ。この話、かなり興味深くってさ」

「興味深い……？」

お目が高いと言われても、まったく嬉しくはない。

どうしてだか、嫌な予感がする。

「実はさ、当のご令嬢を夜の街で見たって人がいるんだよね」

そんな、まさか。

私の頬を、嫌な汗が流れる。

「夜の街ってそんな、ナナ先輩じゃあるまいし」

「そう。なんでも、その先輩といたらしい。同じ高校だったたってことで、一緒にいたのかも」

どんなエリムでも、そんなところにいるわけがない。

そう思っても、胸騒ぎは止まらない。

「見間違いとか、よく似た人っていう可能性は……？」

私はすがるように、別の可能性を提示してみる。

それは、そうであってほしいという気持ちの表れだ。

「アタシもそう思ったんだけどさ……見たのが視力のめちゃくちゃ良い奴でさ。嘘をつくような人間でもないから、もう信じるしかないって思ってて」

こっちからしてみれば曖昧な情報だけど、彼女はもう確信しているみたいだ。

それだけ、見たって言っている人を信頼しているんだろう。

今はその信頼が気持ち悪い。

「それにさ、だからこそ家の人たちも大っぴらに出来ないって思ったら先生たちが何にも言わないのも理解出来るくない？」
「な、なるほどー……」
私はもはや、そう頷くしか出来なかった。
そう言われてしまえば返す言葉はないし、納得してしまいそうになる。
そもそも、ナナまでそんなことになってるの？
この世界は、一体どうなっているんだろう。
どうして二人は、そんな道を選んだんだろう。
出来ることなら、直接会って聞いてみたくなった。
この辺だと、夜の街ってあそこしか聞かないし……そこに行って、二人を見つけたい。
そして、話をしてみたい。
私は謎の正義感なのか、義務感なのか。
それすら分からないものに駆られていた。

○

今日は途中まで上手くいってたはずなのになぁ……！

ナナとエリムの話を聞いてから、完全に意識がそっちに向いてしまった。

そのせいで、その後のグループでの会話をほとんど聞き流してしまったくらいだ。

放課後で疲れてるのもあるじゃんって言ってみんなは気にしないようにしてくれてる感じだったけど、悪いことしちゃったな……。

でも、それくらい衝撃的な話だったのだ。

ナナとエリムが学校に来なくなって、夜の街で過ごしているなんて。

信じられなくて、何度も聞き返したかったくらいだ。

しつこいって思われるのが嫌でそうはしなかったけど、私の頭の中では何度も繰り返し二人に問いかけていた。

……改めて考えてみると、ナナはちょっと分かる気もする。

でも、だとしても、素行が悪かったとしてもそこまでするようには見えなかった。

もしかして、症候群がないせいで……？

そんな。まさか。

一人で思考がぐちゃぐちゃになっている時、一件のメッセージを知らせる音が鳴った。

グループのメッセージかと思ってスルーしようとした私は、そのメッセージの送信者の名前を見て目を見開いた。

『ルル』

名前も、アイコンすらも私と同じ人物だったのだ。

どうして？

そう思いながら私は、メッセージを開いた。

『届いてる？』

その一言だけが、送られてきていた。

ルル
届いてる?
Aa

◇非日常が繋がる

『ルル』

「え、本当に来た……!?」

同じ名前とアイコンのアカウントから、返信が来た。

怖くなって、一度画面をスリープする。

届いてほしいと思ってメッセージを送ったけれど、まさか本当に届くだなんて思ってもいなかった。

その上で返信まであったのだ。驚かないわけがない。

最初はバグか何かで、自分のアカウントが友達と表示されてるのかなと思ったほどだ。

だって、普通は違う世界の『自分』と連絡がとれるだなんて思うわけがない。

けれど返信があったってことは確かに届いていて、向こうのルルがメッセージを読んだということなんだろう。

じゃあ、この世界は本当に……?

私が想像している通りのことが、私の身に起こっているんだろうか?

動揺しつつも、スリープを解除して内容をちゃんと確認する。

『メッセージ見ました。本当にルルさんですか？』

……この子、自分に敬称をつけて敬語を使ってる。

ちょっと、いやかなり違和感がある。

でも自分が同じ立場だったら、同じようにかしこまっていただろう。

それはきっと『同じ名前を持った同一人物かもしれないけど、世界さえ変われば別人だから』というよりも、ただ単に慣れない人間からメッセージが来たせいでかしこまっているせいだろう。

きっと、向こうのルルも同じ考えだと思う。

考えれば考えるほど、自分らしい。

思わず笑ってしまいそうになったけど、それどころじゃない。

状況を確認して、お互いの認識を一致させなきゃ。

私は撮っておいた自分の写真を添付して、メッセージを送る。

『これで納得出来る？』

今は自分の体だけど、外から見たら別のルルだ。

本来なら私にあるはずの、手首の傷がないわけだし。

『納得出来ました。こっちも送ったほうがいいですか？』

画像を見て、驚いているうちに時間が経ったんだろう。ややあってから、返信が来た。

『そっちは、手首の写真を送ってくれたらいいから』

容姿より何より、それが一番の私である証明だ。

『分かりました』

しばらくして、片方の手首が写った写真が送られてきた。

そこに写っているのは、間違いなく自分がつけた傷だ。

何時つけたのかが、ぼんやりと分かる傷が残っている。

「じゃあ。本当に……」

私は自分が立てた『他の世界の自分と入れ替わった』という仮説が本当だったことに、少なからず驚いた。

メッセージが送れること以上に、そんなことが起きるわけがないと思っていたからだ。

けれど送られてきた写真には間違いなく自分の傷という証拠があって、そうこうしている間にも実際にやりとりが出来ている。

「信じられない……」

まだ実感がわかない。

こんなの、アニメや漫画を見ているようなものだ。

いや、自分が二人いるってことになるんだから、悪い冗談って言ったほうがいいかもしれない。

……冗談なら、どれだけ良かったか。

『私の仮説としては別の世界のルルと入れ替わったと思ってるんだけど、そっちとしてはどう？』

『そんな感じだと、私も思います』

思ったよりもすぐ返信があって、ちょっと戸惑う。

本当に似たようなことを考えていたんだろうか？

もしかして、適当に流してる？

……適当に流してるんなら、こんなに丁寧な言葉で返信しようとは思わないだろう。

この場合はきっと、何も考えてなかったんだろう。私なら、きっとそうだ。

『今の状況のこと、そこまで考えてなかった？』

確認のために、そんな内容を送信してみる。

適当に流しているんならここで怒って、反応しなくなるはずだ。

もしかしたらそうかもしれないけど、それならそれで別に……。

『恥ずかしながら、その通りです。突然の出来事に驚きはしましたが、どういう理屈なのかまでは考えてませんでした』

やっぱりそうだったらしい。

予想した通りの反応が返ってくると、本当に私なんだという感情が強くなる。

ひとまず、スタンプで返そうとしたら同じスタンプがダウンロードされていた。

そのうちの一つを送ってみる。

一般的に可愛(かわい)いとは言われないけど、私はなんとなく気に入っているものだ。

それに、考えてないんならそれはそれでいい。

私の考えが正しいってことで通させてもらおう。

『とりあえず……自己紹介とかした方がいいですか？』

しばらくしてから送られてきたメッセージに、ちょっと吹き出す。

合コンで出会った他校の人との最初の絡みじゃないんだから、そんなのしなくてもいいのに。

『同じ私なんだから、そんなのなくていいんじゃない？　っていうか敬語じゃなくていいから。違和感すごいし』

『敬語は外したかったから外すけど……同じルルの私だけど、私にはこんな傷無いよ？』

痛いところを突かれてしまった。

確かに、今の私の手首に傷はない。

それに、関わっている人間も違う。それならやっぱり別世界の人なのかなぁ……？

『そうだね。とりあえず、お互いのこと教えようか』

『分かった』

それから私たちは、互いの情報を共有し合った。

名前は同じで、誕生日も同じ。

年齢も同じ。好きな食べ物も同じ。

同じルルだから、当たり前といえば当たり前の回答被りが続く。

でも、所属しているグループは全然違う。

そのことについて、二人してすり合わせることにした。

『ビックリしちゃったよ。私が陽キャなグループに入っているなんて』

『いやいや。中学からの流れでいったら、こっちの方が納得出来ない？　むしろ私の方が驚いたんだけど』

『あ、それもそっか……』

とはいうものの、ここ数日を相沢さんたちと過ごしてみたけど違和感はなかった。

最初は嫌だって思ってしまったけど、いつものウェイウェイしたアホくさいノリに疲れ切っていた私にとっては穏やかな会話が逆に嬉しくも思えた。

『そういえば、接し方が分からなくて相沢さんのこと一回下の名前で呼んじゃった。そのせいで変に思われたらごめん』

『私も最初グループのメッセージがワッと来た時にうまく反応出来なかったから、お互い様かも』

『あー、あれはね……仕方ないかも』

あれは慣れてないと返そうと思っても返せないだろう。

スタンプや単語なんかで流れていくことも多いから、ついていこうと思っても無理だ。

雰囲気でなんとかするしかない。

『……仕方ないのかな？　だとしても、変に思われてるかも。元に戻った時に変な感じになってたらごめん』

「あ……」

元に戻った時と言われて、そんなことを考えていなかった自分がいることに気がついた。

私は別に今のままでもいい。

だって、自分が望んだ世界に来れたんだ。

この体を傷つけてしまわないように、穏やかで平和な学校生活を送れればそれでいい。

きっとそれは、こっちの世界の方が叶えられるだろう。

でもまぁ、そういう細かい部分のすり合わせもしなきゃいけないのは事実だ。

言ってくれて良かったんだと思いながら、返信をする
『あの人たちは、細かいことなんて気にしないから大丈夫だよ』

『そうなの？』

『逆に気にするような性格に見える？』

『こう言っちゃ悪いけど、見えないかな……あと今ご飯だって言われたから、ちょっと食べてくるね』

「ルルー、ご飯よー」

「……はーい」

『分かった。こっちも呼ばれたから行ってくる』

本当に、ほとんど同じだなぁ。

なんだか気持ち悪くなってきた感覚を堪えながら、リビングに下りる。

全く同じではないけれど、世界規模で考えたら誤差なんてないに等しい。

とはいえ、基本的には家で一番帰りが遅い弟に合わせた時間だから、こうなってしまう

のかもしれない。

ん？　つまりどちらの弟も部活にしっかり励んでるってことなのかな？

本人を見れば、変わらず疲れたような、でもどこかスッキリした顔で汗をかいてきたような格好をしている。

姉としては感心だけど……モヤモヤするのはなんでだろう。

ううん、せっかくのご飯の前に変なことを考えるのはやめなきゃ。

テーブルにつくと、お母さんの作った晩ご飯が並べられていた。

使っているお皿は、見慣れた物だ。

ずっと使っているせいで出来た擦れた跡が、変わらずついている。

「いただきます」

すごくおいしいなんて期待はしてなかったけど、味もいつも食べているものと変わらない。食べ慣れた味だった。

身の回りのことで、違うことを見つける方が難しいかもしれない。

それなのに、どうして私ともう一人の『ルル』は違う学校生活を送っているんだろう。

これから彼女の話を聞いていけば、何か分かるんだろうか？

そういえば、何らかの小さな出来事であっても、起きてしまったら将来が劇的に変わってしまうようなことを表す言葉が、あったような気がする。

名前は、なんだったっけ……？

『花の名所であるこちらには、数々の美しい蝶も訪れており……』

そこでテレビから、そんな言葉が流れてくる。

本当に美しい花畑の上で蝶が飛んでおり、それを遠くから映している。

美しい蝶、蝶……？

あ、そうだ！

「バタフライエフェクト……！」

私の言葉の後に、静まり返る食卓。

驚いた表情をした両親と、冷めた目をした弟がこちらを見てくる。

「どうしたの、いきなり」

「な、なんでもない！」

その空気に耐えられなくなった私は、それからずっと下を向いていた。

でもその間、バタフライエフェクトが起きているルルは一体どっちなんだろうとは考えていたのであった……。

○

晩御飯から戻って、スマホを開く。

するとすぐに、ルルからメッセージが届いた。

『戻ってきたよ』

スタンプもすぐに送られてくる。

「それはそうなんだけど……」

『メッセージ来ただけで戻ったんだなって分かるし……そういうのって言っちゃうと、途端に恋人っぽく感じない？』

『え!? そんなこと言わないでよ！ 急に恥ずかしくなってきたじゃん……』

自分と同じ顔で恥ずかしがってると思うと、こっちまで恥ずかしくなってくるからやめてほしい。

って、それどころじゃない。

まだまだ聞かなきゃいけないことはいっぱいあるんだ。

それに、課題だってあるし……。

でも今日はそこまで面倒じゃないものばかりだから、やりながら話を聞いていくことも出来るかな？
念のために、向こうのルルにもちゃんと課題を気にするように伝える。
すると、すぐに分かったという返信が来た。
さらに続けて、メッセージが送られてくる。
『課題やりながらってなると、通話の方が楽かもしれないね』
そう言われると、確かにそうかもしれない。
いちいち画面を見なくて済むわけだし。
『でも、繋がるのかな？』
世界が離れているかもしれないのに、声が届けられるんだろうか。
『メッセージも送れるくらいなんだから、きっと繋がるよ！』
それもそうかと、納得した。
大体、中身の入れ替わりだって起きてるんだ。
もうこの世界で何が起きたって、不思議じゃないだろう。
『それもそうだね。でも、今って通話出来る？』
『出来るよ。そっちはどう？』
『こっちも出来る。じゃあ、かけてみるね？』

『うん』

……ヒマしてる時間も、一緒になるようになってるんだろうか？

よく分からないけど、通話が出来るんならそれに越したことはない。

私はちょっとドキドキしながら、ボタンを押した。

しばらく呼び出し音が鳴った後に、もしもしという声が聞こえてきた。

その声に、反射的にゾワリと体が震える。

この感覚は……。

気のせいだと思い込み、私ももしもしと返した。

すると向こうは、ヒッと小さな悲鳴を溢す。

……どうやら、向こうも同じように感じたようだ。私の気のせいじゃなかったらしい。

『自分の声、電話越しに聞きたくないね……』

私は、急いでメッセージを打ちこむ。

そうなのだ。

自分の声を電話越しに聞くのは、かなりつらい。

というか今までメッセージ越しだったから、自分を相手にしているとそこまで理解していなかったらしい。

通じたことには興奮するけど、それが自分の声ってとこはテンションが下がる。

モノマネでも、ここまで本物に近くはならないだろう。

ようやく、本当に自分を相手にしてるんだってことが実感出来た。

『うん、せっかくかけたけど切るね……』

その言葉に頷（うなず）いた直後に、通話が切られた。

『ちょっと面倒だけど、メッセージの方で話そうか』

『そうだね』

それに、課題もちゃんと終わらせなきゃ。

『それで、どうしてこんな傷を自分につけたの？』

「……っ！」

来ると分かっていた質問なのに、なんと答えるべきか悩んでしまう。

握っていたペンに込める力が、無意識のうちに強くなる。

どう答えれば、向こうのルルは納得してくれるんだろう。

同じルルのことなのに、全く思い浮かばない。

……いや、同じ人間であったとしても、傷があるのとないのとじゃ、大きな違いがあるのかもしれない。

だって、私からしてみればどうして傷をつけないでいられるのかが分からない。学校生活には、つらくてしんどくて投げ出したいことが沢山あるっていうのに。

ならもう、別人って思った方がいいのかな？

それにしては、共通点が多すぎるし……。

ああ、もう！

すべてを良くしたかったはずなのに、考えることは多くなってる気がする！

なんでこうなっちゃうんだろう。嫌になっちゃうな……。

『そっちのルルも、そのうち分かるよ』

悩んだ末に、理由については説明しないことにした。

だって本当に、説明してと言われても話せるような大きな理由なんてない。

かといって曖昧なことを言っても、納得してくれないだろう。

それなら、最初から話さないほうがいい。

『そのうち分かるってことは、私も傷つけるようになるって意味？』

『それは、分からないけど』

『怖くなかった？』

それは、裏アカでリスカ痕を載せた時にも言われたことだった。

ほとんどのリスカをしたくても出来ない人は、怖いから出来ないんだろう。

怖い気持ちはよく分かる。

それでも、私は……！

『最初だけだよ。すぐそうでもなくなるし』

素直な気持ちを押し殺して、そこまで怖くなかった風を装う。

恐怖に打ち勝ったということで、マウントを取りたい気持ちが多少なりとも存在していた。

『そういうものなの？』

『私はね。他の人は知らないけど』

『そうなんだ。すごいね』

「う……」

すごいねと、言われた。

そりゃあ言われるだろう。

リスカをしたいけどしていない人の前では、リスカ痕は勲章になる。

そういうものだと、裏アカで何回も見てきた。

それもあってマウントを取りたかったはずなのに、いざすごいと言われると心がチクチクする。

『そんなことない。痛いのには変わらないし』

だから即座に、否定の言葉を言った。

『そうだよね。お風呂入るのとか、かなりキツかったよ』

「それはそうかも」

傷つけることには慣れたとしても、お風呂に入った時のあの痛みにはどうしても慣れない。切ったばかりなんて、血が床や壁につくんじゃないかってヒヤヒヤするし。

それにあんまり大きな声をあげるとお母さんが来て手首を見られてしまうかもしれないと思うと、痛みを発散するわけにもいかない。

最近は切ってなかったはずだから、大丈夫だと思うけど……。

慣れてなかったら、どうやっても痛いかもしれない。良くないことかも。

『痛いのは悪かったけど、誰かに見られたりしてない？』

謝るのは違っている気がして、悪いとしか言えない。

『それは大丈夫だと思う。見られたらいけないものかなって思って、出来る限り隠してたし……体育の時は、どうしてるの？』

『最近はなんとか上手くやってるんだけど、出来そうにないんなら休んでいい』

そこでようやく、早く戻らないとと少しだけ思った。

『分かった』

「……誰にも見られてないなら、良かった」

見られてしまったら、私の生活は大きく変わってしまうだろう。

病んでいると見なされて評判の悪い学校のカウンセラーのお世話になるだろうし、最悪の場合病院に通うことになるだろう。

いや、それだけならいい方かもしれない。

一番の問題は、私を見る周りの人の目が変わってしまうことだ。

まず家族は、私のことをとんでもない厄介者だと思うことだろう。

両親は心配してくれるかもしれないが、弟はそういうわけにはいかないはずだ。彼の交友関係にも、きっと影響を及ぼす。

頑張っているのに、報われなくなってしまうかもしれない。

いくら姉に対する敬意が見られないとしても、逆に敵意を向けられるようになるのは嫌だ。

家の中ですら、落ち着かなくなってしまう。

それにあのグループの子たちは、きっと引くだろう。

引かなかったとしても、なんでそんなことしたのって心配してくるだろう。
その時に私は、自分がどう答えるのが正解なのか分かんない。
素直にあなた達が原因なんだと言えばいいの？
それとも、本心を隠して大丈夫だと笑えばいいの？
誰にも聞けない問いに、きっと今より苦しむことになる。
その時に私は、リスカ以上のことをしないってハッキリ言えるだろうか……？
『どうしたの？　ルル！』
そこでようやく、スタンプを連打されていることに気がついた。
困っているリスの顔が、何度も流れてきている。
それに、私の手からは課題をしようなんて意思を感じられない。
『なんでもない。それより、どっちもルルなのは困るから区別する名前をつけない？』
『例えば？』
すぐにそんなことが返ってくるとは思わず、私は考える。
あんまり考えても変に思われそうだから、即座に送った。
『ルル一号二号とか？』
『ダッサ』

即答だった。
今までが丁寧に見えていた分、突然の悪口にダメージが大きい。
『そこまで言わなくたっていいじゃん。そっちは何か思いつくの!?』
完全に逆ギレなのだが、そのくらい言わないと気が済まなかった。
『表ルル、裏ルルとかは？』
ややあって、返信がある。
『なんでそうなったの？』
『リスカっていかにも裏っぽいから。だからそっちが裏ルル。どう？』
「発想が貧相……」
それに、自分が表だって言えるのもすごい。表の人間は裏アカなんてしない。
けれどそう言うのも面倒だったし、これ以上考えるのも馬鹿らしかった。
だから、そういうことにしておく。
『じゃあ、これからよろしくね。表ルル』
『うん。よろしくね、裏ルル』
ふと、裏アカで思い出したことがある。
そういえば、私が持っている裏アカの扱いはどうなってるんだろう。

　ふとした時に開いてしまって向こうのルルも持っているってことは分かったけど、それから触ってはいない。向こうもそうであってほしいと思いながら、聞いてみる。

『私の裏アカって、見た？』

『タイムラインはいつものノリで見たけど、それだけだよ』

『だよね、良かった。これからもそれでよろしく』

『うん。それはいいんだけど……』

『何？』

『どこの世界も、裏アカって全然変わんないんだね』

『そういうものなんじゃない？　多分。作らなきゃやってられない世界が悪いよ』

『それもそうだね』

　私たちが悪いっていうのは間違ってる。

『そう言えば、聞きたいことがあるんだけどさ』

　表のルルがそう言ってくるけれど、私は眠くなってきた。

『眠いから、また明日にして。おやすみ』

『うん。おやすみ』

　さっきはああ言ったけど、こんなふうにおやすみって言うのも恋人っぽいなと眠い頭で思った。

○

そういえば、この体になってからやけに体調が悪い気がする。

疲れやすいっていうんだろうか？

そんなに頑張っているってほどでもないのに、帰ると自然と横になってしまう。

そのまま寝てしまうこともあって、お母さんに怒られることが増えてきた。

ほかにもお腹(なか)が痛くなったり、手が痒(かゆ)くなったりする。細かい体調不良が多くて、それも私を疲れさせる。

こっちのルルは、傷がないかわりにあんまり体が強いほうじゃないのかもしれない。

そうやって自分自身を納得させることにしていた。

○

「ねぇ、ルル」

「な、何ですか」

「……」

次の日の放課後は、なんと上級生に絡まれた。

見覚えがある横顔だったような気もするけど、一瞬だったから分からない。

リボンの色が違うのだけは見えたから、きっと上級生だと思うけど……。

表のルルの知り合い？　それにしては乱暴だ。

帰ろうとしたところで手を引かれて、誰もいない教室に連れて行かれる。

これが男の人相手だったら、たとえ表ルルの彼氏だったとしても悲鳴をあげていただろう。何をされるか、分かったものじゃないし……。

って、え？　待って？

普通に恋人だったらどうしよう。

だとしてもある意味困るし、ここでまで話を合わせろっていうのは流石（さすが）に酷だと思うんだけど？

そもそも恋人がいるんなら言っておいてほしかった……。

女の子が相手っていうんなら、尚更（なおさら）だ。

どういう関係なのか分からず、暴力や性的な想像が私の頭を埋め尽くす。

人は一度にこんなにもこれから起きるかもしれない最悪の事態を想像出来るのかと、頭の片隅が感心していた。

「い、いきなりなんなんですか」

なんとか出した言葉に、彼女の肩はビクリと揺れる。

それからゆっくりと、こちらを振り返った。

「アンタ、ルルじゃないでしょ？」

射抜くような視線は、まるで私の心まで見透かしているようだった。

どうしてバレたんだろうと思いつつも、適当なことを言っているだけだと思い私は必死で笑顔を作る。

「な、なんでそんなこと言うんですか。意味が分からないんですけど……」

嘘はついていない。私もルルで、向こうもルルなだけだ。

大丈夫、平静を装って、この人には去ってもらおう……。

「ルルはね、アタシと恋人なの」

「ヒッ」

けれど、私の平静の方が先に崩れてしまった。

彼女の手が私の頬に触れる。

少しひんやりとした手は、私が熱を持っていることを強調してくるみたいだ。

「今日はアタシたちの逢瀬の日なのに、いつまで経っても会いに来ないからもしかしたらって思ったんだけど……」

本当に、そうなの……？

だとしたら、帰ってからなんで私がこんな美少女と恋人になれているんだって、表ルルに問い詰めなくちゃならない。

っていうか、顔が良すぎる。何を食べたら、こんなに可愛くなれるんだろう？

良すぎる顔をこんなに近づけられると、もはや怖い。

このままだと、変に流されてしま……。

「嘘だよ♡」

「……え？」

耳元で囁かれた内容を、私の頭は理解出来なかった。

そのまま彼女は耳元で吹き出して、笑い始めてしまった。

うそ、ウソ、嘘……!?

私はようやく理解して、それから彼女のことを睨みつけた。

「て、適当なこと言わないでくださいよ……！」

「そっちも真に受けないでよ。笑い堪（こら）えるの必死だったんだからね」

言いながらいまだに笑っている彼女に腹が立ってしまう。

けれど仮にも上級生なので、何かをするなんてことは出来ない。

とにかく早くこの場からいなくなりたくて、失礼しますと言ってこっちから去ろうとした。

けれどそれを、またもや彼女に手を引かれて止められる。

「なっ、なんなんですか！　先生を呼びますよ」

「そんなに怒らなくてもいいじゃん。ちょっと落ち着いてよ」

元凶が何を言ってるんだという気持ちでいっぱいだ。これ以上突っかかってくるようなら、本当に先生を呼ぶしかないかな……。

「偽物なのは、変わらないんだし」

けれど彼女はまた、射抜くような視線で私のことを見てくる。

「……私がルルじゃないって、確信してるんですか？」

「うん。だって、アタシに対して敬語使ってるじゃん。本当のルルには敬語じゃなくていいって言ってるし」

「それはっ……」

そんなことは知らないし、聞こうとも思わなかった。

そもそも、部活に入ってない表ルルに上級生との交流があるだなんて知らない。

「それなのに、二人きりの場面で敬語なのはおかしいよね？」

「……おかしいですね」

「でしょー？」

まるでミステリの犯人として追い詰められているみたいだ。

すごく居心地が悪い。

「名探偵役のオファーとか来ないかな。女子高生探偵的な」

……そうでもないかもしれない。

彼女はどうやら、ちょっとノリが軽いようだ。

その点はサナちゃんたちを彷彿(ほうふつ)とさせるけど、本当になんらかの依頼が来そうな顔立ちをしているっていうのがかなり違う。

そのせいで、うっかりときめきかけてしまったし……。

うん、そのことは忘れよう。

「でも、だとしても気になります」

「何が？」

「どうして、偽物だって指摘してきたんですか？　そんな変なことが起こるなんて、普通は思いませんし……」

そんなことを言ったら、面倒なことになるのは目に見えてるっていうのに。

どうしてなんだろう。

「え、単純に好奇心だけど？」

あろうことか、疑問符をつけて返されてしまった。

ノリで生きてる人はこういうところがあるんだよね……。

「まぁ、また新しい症候群になったのかなって思ったのもあるっていうか」

「……症候群？」

彼女の口からそんな言葉が出てくるとは思わず、聞き返してしまう。

なんの症候群なんだろう？

昨日の表ルルは、そんなこと言ってなかったけど。

「あれ？　知らないの？」

向こうも、私が知らないことに驚いているようだった。

何か持病があるってことなんだろうか？

いや、持病だったとしたらもっと分かりやすく薬なんかが家に置かれてたりするだろう。

けど、そういうものはどこにもなかった。

そうなると、また別の何か……？

そんな大事そうなことを、なんで言ってくれてないんだろう。

なんにせよ、帰ってから表ルルを問い詰める必要がありそうだ。

っていうか症候群って、リスカよりももっとやばい気がするんだけど……？

「症候群って、なんのことですか？　教えてほしいです」

「うーん、どうしよっかなー」

彼女が顎に手を当てて、考える仕草をする。

その仕草に、私は自然と警戒した。

すごく、良くないことを考えてる気がする。

「どうしようって、なんなんですか」

「だって、話すメリットなんてなくない？」

「……先輩としてのよしみってことで」

それも、そうだけど……。

「そういう関係でもないし」

じゃあ最初から近づいてこないでほしかった……！

勝手に寄ってきて、重要な単語だけ言って去っていくなんてやめてほしい！

「どうしてもっていうんなら、いちごミルクとか奢ってくれていいよ」

「それでいいんなら……！」

思ったより、話の分かる先輩かもしれない。

「それと」

「それと？」

頬を冷や汗が伝うのが分かる。

「どうして誰かさんがルルの中に入ったのか、その経緯を教えてくれる？」

「え？　それこそ私にメリットが……」

「症候群がなんなのか、知りたくないの？」

彼女の瞳が、私に問いかけてくる。

その瞳は今ここで聞かなければいけないと、思わせてくる。

「は、話します！　話しますから、聞かせてください！」

だから私は、言ってしまった……！

目の前の美少女の口元が、いやらしく歪む。

言うんじゃなかったと後悔しても、もう遅い。

○

好奇心でグイグイくる美少女・ナナ先輩に唆されて、今の私たちに起きている状況を洗いざらい話すことになってしまった。

しかも、他にもこの話に関係する人がいるからと呼び出していた。

驚くことに、落ち着いて話をしたいからと連れて行かれた屋上で待っていたのは、これまた美少女というか……私にも見覚えのある校内の有名人だった。

エリムさん。

誰とも関わりを持たないようにしている、孤高の令嬢だ。

けど、それは私の世界での話なんだろう。

偶然ここにいるだけかと思いきやナナ先輩と親しげに話していたから、なんの冗談かと思った。

エリムさんに誰かと関わりがあったとしても、こんな軽々しい人と交流しているなんて、思わないだろう。

けれどどうやら最初から、私から話を聞くために待っていたらしい。

……もしかして、私がルルじゃないっていろんな人に思われるくらい変なことをしているんだろうか？

陰キャっぽいグループに入ってるんならって、それらしく振る舞ってたはずなのに。

どうしたら良かったのか、さっぱり分からない。

「さ、それじゃあ話してもらっちゃおうかな？」

そんなこんなで二人に圧力をかけられた私は、本当に洗いざらい話してしまった。

少しくらい隠しても良かったんだろうけど、そうした上でちゃんと話せる自信がなかったから仕方なく……。

念のため話す前に表のルルにメッセージを送って相談したら、話しても大丈夫だと反応を返してきたけど、ちょっと心配だ。

それくらい、ナナ先輩は人を惑わせるような顔をしている。

惑わされた私が言うんだから間違いない。

そもそも私の世界のこの人たちは夜の街で働いているって噂を聞いたことがあるし、本当に大丈夫だって言えるんだろうか……？

心配しながらも、こっちのルルには傷がないこと、交友関係が変わっていたこと、もう一人の自分とやり取りが出来たこと、自分が知っているナナ先輩とエリムさんについてのことを話した。

　すると、二人の顔は深刻そうな表情に変わっていった。

　思ったよりも真面目に、話を聞いていてくれたらしい。

　意外だ。興味本位じゃないのかな？

「そんなことって……」

「ないとは言い切れないのが、現実の面白いトコだよねー。現にこっちにだって求愛性少女症候群があるし、発症したし」

　それに、どうやら信じてくれているらしい。

　それでも面白いって言ってるのは、ちょっと意味わかんないけど……。

「ほ、本当に面白いって思って言ってます？」

　急に明るくなった表情の口から出てきた言葉に、思わず聞き返した。

「んー、聞く分には本当に面白いよ、アタシの身に何か起きてるワケじゃないし」

「そ、それはそうかもしれませんが……」

　だとしても、違う世界にいる自分が夜の街で働いてるって聞いて、気分がいいとは思えないんだけど……。

　仮にも噂とはいえ、見たという人間がいるんだ。

それに、こんな美少女を間違うわけがない。

「あ、疑ってる？」

「そりゃそうですよ」

「あのね、あくまで『別世界の私』が選んだ道でしょ？　同じ私って言っても、そこに文句言えるほど傲慢じゃないってば。でしょ？」

ナナ先輩は、視線でエリムさんに同意を求める。

「ええ。どんな事情があったかは分かりませんが、投げやりになって選んだ道でもないでしょう。とやかく言うつもりはありません」

「お、大人……」

考えがとてつもなく達観している。

向こうの世界のグループの人間に爪の垢を煎じて飲ませたいくらいだ。

……男子はこんな美人の垢が飲めるんなら、喜んで飲むかもしれない。

そういうところも、嫌だなぁって思う。

「あと、今更だけどルルの顔して敬語なのすごい違和感ある。敬語外してもいいよ」

「あ、え、うん」

「よろしい」

ずっと思っていたことだけど、敬語を外していいと言われてついうっかり口に出して言ってしまった。

「ナナ様だけど」

なんでもないことのように彼女は言って、キメ顔をする。

私の前でキメても意味ないじゃんとは思うけど、そう言われてしまうと納得するしかないので、意味はあるのかもしれない。

……いや、ちょっと頭が混乱してきたかもしれない。

自分が何を考えているのかもよく分からなくなってきた。

何か大事なことがあったはずなんだけど、なんだったっけ……？

あ、そういえば……！

「それより、症候群について話してもらっていい？　ここまで話したんだから、ちゃんと話してくれないと困るんだけど！」

危うく聞き逃すところだった。危ない危ない……。

「あ、ちゃんと覚えてたかー」

「忘れるの狙ってた!?」

「何様……？」

「んー、ちょっとだけ」

「ひどい……！」

私はちゃんと話したっていうのに！

「約束はちゃんと守った方がいいですよ」

「言われなくても分かってるよ」

ナナはわざとらしく咳払いをしてから、再び口を開いた。

「あのね、症候群っていうのは、この世界で噂になってる都市伝説の一つ」

「と、都市伝説……？」

どうやら思っていたものとは毛色が違うみたいで、私は混乱する。

てっきり、謎の病原菌が広まってるんだとばかり思っていた。だって症候群なんて言われたら、誰だってなんらかの病気の一種だと思うだろう。

それなのに都市伝説って、どういうことなんだろう？

全然どんな感じか、想像もつかない。

それに、都市伝説って言われると急に胡散臭く思えてきた。

狐ならぬ、綺麗な顔に化かされているんだろうか？

化かされるのは遠慮したいところだ。

「正式名称は求愛性少女症候群っていうんだけど……そこまで聞いても、まだピンとこない？」

「う、うん……」

少なくともこれまでの生活で、そんな名前を聞いたことはない。

なんだか、イマドキ流行っているアーティストの名前みたいだ。ちょっとかっこいいような気がする。

「じゃあそっちの世界にはないのかな？　こっちでも、最近は風化してきてる感じあるしね」

「あれだけあった特番や、様々なＳＮＳで実は自分もそうだったと打ち明ける人もいなくなりましたもんね」

「そうそう。打ち明けてた人間の何人がマジだったんだってはな、し……」

途中まで饒舌に話していたナナの言葉が、急に止まった。

「……え、テレビとか見るの？」

彼女が驚いた顔で、エリムの方を見ている。

たしかにエリムがそういうごちゃついたテレビ番組を見ているとは思えなかった。

私も少し遅れて驚いて、二度見してしまう。

「ああ、それなら見ませんが、ニュースサイトだけでも充分こういう情報って拾えませんか？」

「あー……」

それはそうかもしれないと思ったけど、エリムさんに対して敬語で行くべきか行かないべきかで悩んでしまったので、頷くだけにしておいた。

「だとしても意外。こんな島国のそんなニュース見るんだって驚きはあるかも」

「島国のって……最近は意識して見るようにしています」

最近はってことは、前までは見てなかったってことなんだろう。

どうして意識して見るようになったのかちょっとだけ気になるけど、教えてもらう勇気はなかった。

「って、症候群についてやっぱり教える気ない感じ!?」

「いや、今のはそういうんじゃないじゃん？　ちょっと横道に逸れたってだけで」

「このままだと下手すると脱線事故起こしかねないんだけど……！」

とはいえ興奮してもしょうがないので、一旦落ち着く。

「求愛性少女症候群っていう都市伝説じみたものがこっちの世界にあるってことは分かった。それはどんな内容？　こっちのルルとの関係性は？」

「内容は……人それぞれに様々。歩けなくなったり、目が見えなくなったり」

「そ、それは……」

ただの重症患者ではないいんだろうか？

そんなの、どう考えたって普通じゃない。

「かと思えば、目にハートが浮かぶだけって症状もある」

「え、っと……？」

それは本当に、症状の説明なんだろうか？

同じ病名の話とは到底思えないし、そもそも現実で起こっていることのようには聞こえない。

　からかわれているだけかもしれないと思えてきた。

「言っておくけど、嘘でもでたらめでもないからね」

私が思っていることを察したのか、ナナはそう言った。

「この期に及んでそんな適当言うなんて、ダサいし」

そう言うナナの目は、至って真剣な表情をしていた。

これで嘘をついているんなら、彼女は探偵役よりも犯人役の方が似合っているだろう。

だから私は、ちゃんと話を聞こうとする。さっき見えた気もするし……。

「わ、分かった。とにかく本当に起こってることなんだよね？　……だとしたら、どうしてそんな様々な症状が出るの？」

「それについてはあんまり分かってないから……とりあえず、ルルの症状を教えるね」

「彼女も、患ってるんだ」

「そう。それも現在進行形でね」

そんな風には見えなかったから、分からなかった。

分かりやすい傷なんて、どこにもなかったから。

……頭では目に見えている傷だけが傷じゃないって分かっていたのに、無意識の内に判断していた。

ちょっと自己嫌悪する。

「それって一体どんな症状なの？」

「それは人に触れると体調が悪くなるっていうもの、らしい。本人がそう言ってたからそうだと思う」

「体調が……!?」

そこでようやく、こっちに来てからの体調不良の数々の原因が判明した。

突然お腹(なか)が痛くなったり、手が痺(しび)れたり痒(かゆ)くなったりっていうのは、全部その症候群の仕業だったんだ。

変な病気かもと思ってお母さんに相談しようとしてたから、そこは安心した……。

いや、安心は出来ないかも。

っていうか、なんで表ルルはそんな大事なことを話してくれなかったんだろう。

忘れてたっていうのは通じないくらい、すごいことなんだけど。

後でちゃんと、話をしよう……。

「それで、それの対処法は？」

「今のところないと思う」

「えっ……？」

「ルルと連絡取れるんなら聞いてみるのが一番だと思うけど……最近も裏アカに症候群についてっぽい愚痴を吐き出してたから、望みは薄いんじゃないかな」

「対処法がない……？」

だとしたら、とんでもない難病だ。

全然安心出来ないじゃん！

「一応、それらしいものはあるにはあるんですよ」

エリムさんが、フォローする形でそう口にした。

「どういう意味……ですか？」

普通に話そうと思ったけど、やっぱり怖くなって敬語になった。

タメ口なんて舐めてる！って言われて問題になったりしたら、学校にいられなくなるかもしれないし……。

「あ、ちょっと、なんで同級生のはずのエリムに敬語使ってんの!?」

きっと、それくらいの権力は持っていることだろう。

「え、だって……」

そっか、そういえば同級生なんだ。

クラスが違うっていうのもあるけど、一般人とは纏っている空気が違うから、全然そんな感じがしない。

「敬語じゃなくていいってルルにも言っているので、楽にしてくれて構いませんよ」

「それでいいって言ってくれるなら……えっと、それらしいものってなに？」

曖昧な言葉で、よく分からない。対処法なら、しっかりとそう口にするはずだ。

「そもそも求愛性少女症候群とか都市伝説って言われてもよく分からないでしょうから、そこをナナに代わってきちんと説明しますね」

「あ、はい」

流されて分かったふりをしていたけれど、確かによく分からない。

「まるで正式な病名のようですが、これはＳＮＳで誰かが言ったものが広まった俗名です」

「そうなんだ」

最初のアーティストっぽいって感想も、そのせいで抱いたのかもしれない。

「しかし特徴を表しているといえば表していて……今のところその名の通り、少女といったまだ精神的に成熟しきっていない人間にのみ発症例が確認されています。発症する症状は様々で、それはさっきナナが挙げてくれたので省略しますね」

「ちょっと待って」

出来る限りかみ砕いて説明してくれているのは分かるけど、あんまり内容が頭に入ってこない。

「今のところ、女の子だけが発症する謎の病ってこと？」

「正直なところ、病かどうかも分かっていません。ＳＮＳで広まったものなので、ほとんどが自己申告なせいだと私は思っています」

「ネタかそうじゃないか、誰もよく分かってないみたいな？」

「概ねそんな感じであってます。だから真面目に研究されているとも思えませんし……。それでナナは、都市伝説って呼んだんでしょうね」

「あんまり気にしてなかったケド」

「……らしいです」

若干エリムの顔にイラつきが見られるのは気のせいだろうか。

「そして研究されていないために、薬といった分かりやすい治療法は存在していません。歩行が困難になった方や視界が悪くなった方は、別の病気として治療を受けているでしょう」

「それでも、対処法っぽいのはあるんだよね？」

さっきのエリムの言葉を思い出して、私はそう聞く。

エリムは頷いた。

「私たちは自分の抱えている『悩み』に原因があったらしく、それにまつわる『普段自分がしないこと』をして症状を軽減させました。ＳＮＳでもそういった報告がかなりの件数あったはずです」

口ぶりからするに、二人もその症候群にかかっていたらしい。

だからこそ私が新しい症候群かもしれないと思って、接近してきたんだろう。

動機が不純だ……。

「しかし、ルルだけは上手く軽減出来ていないのが現状なんです」

「そんな……！」

よりにもよって、入れ替わった先がそんなことになっているだなんて……。

そんなこと、この体を見た時は思いもしなかった。

話を聞く限りじゃ、私のリスカよりも酷いように思える。

だって、自発的に何かしたわけでもないのに人と触れ合った『だけ』で体調不良になるなんて。

生きていくのに、ものすごく不利だ。

生活していく上で人に触らないなんてまず無理だろうし、友達とのスキンシップだってあるのに……。

そこまで考えて、彼女がどうして陰キャなグループに入っているのかを理解した。

あそこなら、過度なスキンシップはないだろう。あったとしても、頻繁にあるとは思えない。

けれど彼女は、今のグループを良しとしているように思えない。

どころか、どこかで嫌っているように感じる。

じゃあ、今の環境は彼女にとって幸せなんじゃないだろうか？

私たちは、戻る必要があるんだろうか？

そんな考えが、一気に浮かんでくる。

不安から、心臓がぎゅっと握られている気分だ。

今日一番の、最悪な気分かもしれない……。

「でもルル……じゃない。なんだっけ、偽ルル？」

こちらの様子を気遣っているのかいないのか、ナナがそんな風に声をかけてきた。

私も普通にルルだから、そう言われると傷つく。

「偽って言われるとムカつくからやめてくれる？」

「ごめんってば。なんて呼べばいいんだっけ？」

「……こっちのルルとの話で、私のことは裏ルルって呼ぶことになってる」

「そうだった、そうだった。裏ルルって、ふふ」

笑われてもしかたないので、ムカつくけれど流しておく。

どっちにしろムカつくなんて、選択肢がない。

そんな彼女は笑っていたかと思ったら、急に真剣な表情になった。

「これはアタシの想像でしかないんだけど……裏ルルか表ルルのどちらかが、また別の症候群を発症した可能性もあるよね？」

「別の、症候群？」

なるほど。

だからこそ、こんなことになってしまったって言いたいんだろう。

私も、そうかもしれないと思いつつあった。

もしかしたらそれが、リストカットと友人関係の違いを生んだバタフライエフェクトの正体なのかもしれない。

◆非日常の更に先に

私と裏ルルは同じ部分も多かったけど、違っている部分もそれなりにあった。

しばらくこっちで過ごしてみたけど、現状はかなり違っていて戸惑うことが多い。

そして、こちら側でのナナとエリムの現状もかなり異なるようだ。

同級生の話によると、二人は夜の街にいるという。

信じられないことだけど、美人で特徴のある彼女たちを見間違えるなんてこともそうそうないだろうから事実なんだろう。

だからこそ、思ったことがある。

彼女たちは、どの時点でそうなってしまったんだろうということだ。

この世界でも今は文化祭が終わった後で、カップルが続々と出来ているという報告をグループ内でよく耳にする。行事パワーのカップル成立は、どこであってもあるようだ。

もちろんそれ自体には興味がないけれど、文化祭への参加はエリムにとって大きな出来事だったはず。

だから文化祭にエリムが関わっていたかどうかが、私の唯一の手がかりだろう。

それ以外ないのがもどかしい。

それに、そういうのがナナでも思いつけば良かったけど、私はナナがなんていう雑誌で読モをやっているかも分からないから知りようがない。

話していた時は気にならなかったけど、まさか今になって知っておけば良かったと思うなんて、あの時は想像もしていなかった。

ともかく、手がかりとしては文化祭のパンフレットのイラストを誰が担当しているかという話だ。

私がいた世界では、突然漫研に入ったというエリムが担当していた。

本当に驚いた出来事だったから、よく覚えている。

それに展示でも素晴らしい出来の作品を描いていて、多くの生徒が列をなしていたくらいだ。

こっちにもその作品たちがあるんなら、その後にエリムは夜の街に行ったことになるから……もしかすると、原因は漫研にあるのかもしれない。

原因を知ったところでどうにもならないのは分かっているけど、別世界の人間が『どういうきっかけでどういう結果になったか』というのは裏ルルのことを知るためにもきっと大事だろう。

というわけで、私は文化祭のパンフレットを探すことにした。

そういう資料系は図書室にあるだろうと、昼休みの今、図書館に向かっている。

みんなには、ちょっと体調が悪いから保健室に行ってくるねと言ってある。

それはまるっきり嘘じゃない。

昨日はみんなとご飯を食べた後に少し具合が悪くなっていた。

午後から先生がかなり厳しい授業を控えている今、体調不良になるのは避けたい。

けれどお腹が空くのも嫌なので、隠し持ってきたパンを空き教室でささっと食べた。

もし保健室に行ってないのがバレた場合が怖いけど、その時はなんとか言い訳を思いつけばいい……その時の自分任せだ。

ほどなくして、図書館に着く。

司書の先生がいらっしゃいと声をかけてくれる。

先生の他には、誰も人はいないようだ。

良かった。それを狙って、この時間に来たというのもある。

「あの」

「何かお探しですか？」

「はい。えっと、今年の文化祭のパンフレットって置いてありますか？」

「ああ、ちょっと待っててね」

先生はそのままカウンターの後ろにある司書室に入って行った。

すぐに見つかりそうなことに安堵しながら、先生を待つ。

「これで良かったかしら」

そんなに時間はかからず、先生は出てきた。

「ありがとうございます」

「学校の資料は貸し出せないから、図書館で読んでいってね」

「は、はい」

返事をしながらも、私の心臓はうるさくなっていた。

差し出されたパンフレットには、私の知らないイラストが載っていたのだ。

しかしアニメ調で、エリムが描いたと言われても違和感を持たないイラストであることには間違いなかった。

もしかしたら、エリムが違うテーマのイラストを描いた可能性もある……？

そう思った私は、名前を確認しようと裏表紙を見た。

けれどそこに載ってあるのは漫画研究部という部活動名だけ。

残念ながら、個人名は載っていなかった。

これは、つまり……。

ちゃんとした真実を知りたければ、漫研に行かなければならないということだ。

私はそのことを考えるだけで嫌になった。

人数は少なかったけれど、先輩が多かったことを覚えているからだ。

漫研の先輩だからものすごく怖いということはないだろうけど、先輩という存在は基本的に怖いので億劫（おっくう）だ。

「あの……」

「ん？　どうかした？」

咄嗟（とっさ）に目の前の司書の先生に聞いてしまいそうになったが、いくら先生とはいえ知っているとは思えなかった。

それに知らなかった時に、申し訳なさそうに謝られるのも嫌だ。

「な、なんでもないです。わざわざありがとうございました！」

そう言ってパンフレットを手渡して、私は図書館を後にした。

○

図書館を出ても思ったより昼休みの時間があり、本当に保健室に行った。

そこで熱を計ってもらったものの、特に高温ではなかった。

熱っぽくはないから当然だろう。

ちょっと疲れてるだけだろうと判断された私は、少しベッドに横になっていた。

スマホがないと、横になっても手持ち無沙汰でうつらうつらしてしまう。

昼休みが終わって、次の時間も休むかどうか聞かれたけれど、休むともっと大変なことになることが分かっていたからベッドから急いで起きて教室に向かった。

「ルル！　体調は大丈夫？」

教室に着くと、真っ先にサナちゃんからそう聞かれた。

「特になんともなかったよ。昨日夜更かししたせいかも」

「あんまり夜更かししてると肌荒れの原因になっちゃうゾ」

「あはは、そうだね」

あんまり笑えないけど、一応笑って返しておく。

……あれ、なんであんまり笑えないんだろう。

ふと思ったけれど、深く考えないことにした。

たまたま私の今のノリには合わなかっただけだろう。疲れているっていうのも、まるっきり嘘じゃないし。

それよりも、考えることがある。

漫研に行くべきか行かざるべきか、それが問題だ……。

それからの厳しくない授業中や掃除中にめいっぱい悩み、結局漫研の部室に行くことにした。こうやって悩んでいる方がストレスだと感じたからだ。

HRが終わり今日は予定があるというサナちゃんたちとも別れて、部活棟に向かう。

体験入部の時もどこにも入りたくなくて行かなかったから、今日が初めてだ。入り口に各部ごとにどこに部室があるかの案内があって助かった。

漫研は上の階のようだ。

階段を上がる。

「緊張する……」

一人呟く。

廊下には誰もいないけれど、各部屋には人がいるらしく活気のある声が響いている。

……そういえば、漫研って毎日活動してるのかな？

してなかったら活動日なんて分からない。もしかしたら、今日は誰もいないかもしれない。

活動日が戸口に書いてあるといいな。そうしたら、心の準備が出来ている時に行けるのに。

そんなことを思いながらも部屋を目指すと、漫研と書かれている戸を見つけた。

中からは、楽しそうな声が聞こえてくる。

……え、なんかすごい人がいる感じがする。

漫研って、そんなに人数いたっけ？

それとも今日は、どこか別の学校との交流日なんだろうか。

だとしたら、日を改めて……。

「あれ？　誰かに用事？」

振り返って帰ろうとしたところ、ガラリと戸の開く音がして内心で悲鳴をあげる。

心の準備が出来ていないのに、どうしてそんなタイミングよく……！

けれどもう当たって砕けるしかないと思い、その人に声をかける。

「あ、あの、ちょっと漫画研究部に聞きたいことがあって」

「え？　そうなの？　入部希望とか？」

「いえ、そうじゃなくて、文化祭のパンフレットの表紙の件なんですけど」

「あー、あれ？　ちょっと前のはずなのに、随分と昔のことみたいに思えるな……じゃなかった。表紙がどうかしたの？」

「あれって、誰か個人が描いてるってわけではないんですか？」

「うん。全体でそれぞれ役割分担して描いたから、誰か個人の名前を出すんじゃなくて部活名で載せてもらったけど……それがどうかした？」

「いえ、純粋に気になってしまって……」

思った通りの答えが得られず、私は落胆した。

「そうなんだ。どうだった？　あの絵、中々良かったって思ってるんだけど」

「は、はい。素敵だと思いました」

「でしょー？」

「そう思います」

素敵だとは思ったけど、エリムのイラストを見た後だとそうでもないと思った。

それだけエリムの絵は、衝撃的だったんだ。

「あの」

「うん？　まだ何かあるの？」

「……エリムさんって、この部活に入ってました？」

「エリムさん？　どうして？」

そこで部員の人は、大きく目を見開いた。

まさかそんなことを聞かれるとは思ってなかった、という顔だ。

答えは、もう出てしまった。

「いえ、ちょっと、色々あって……」

「色々って」

「し、失礼しました……！」

「あ、ちょっと！」

気まずい空気に耐えられず、逃げ出してしまった。

答えてくれた部員の人には申し訳ないけど、それ以上その場に留(とど)まっていられなかった。

これで変な風に言われたらどうしようと思うけど、頭の中はそれどころじゃなかった。

一瞬だけ見えた部室にいた漫研の部員が、記憶よりも多い。

そこからもう、違っていた。

こっちのエリムは、あの素敵なイラストを描く前に夜の街に行ってしまったんだ。

そう思うと、なんとなく寂しく思えた。

○

「お、お願いします……！」

私は次の日の放課後、グループの女の子二人に頭を下げていた。

「私と一緒に、ナナ先輩とエリムさんを探しに行ってはくれませんか……！」

その日は二人とも放課後の予定がなかった。

だから、夜の街に一緒に行ってもらうのに好都合だと思ったのだ。

本当は男の子がいる日が良かったんだけど、直近で二人以上の予定が空いてる日を教えてもらうと、今日しかなかった。

二人で行くよりも、三人で行った方がいいだろう。

そして、お願いの内容はこの前聞いたナナとエリムの話が本当か確かめるためのものだ。

昨日のこともあり、本当かもしれないという思いが強くなった。

それでどうやって確認しようかを考えてたけど、この方法以外思い浮かばなかった。

それくらい、私は夜の街に疎い。

それに、ナナとエリムのことをたくさん知っているわけじゃない。

「ちょ、ちょっとそこまでしなくても！」

頭を下げた私に、二人は困惑しているようだ。

無理もない。

ここ最近で分かったことだが、彼女らのグループの中ではこんなに真面目なノリは滅多にない。

それに内容も引っかかっているんだろう。

そこは私も充分分かっていることだ。

こっちの世界では、私とナナ、そしてエリムにはなんの関係性もない。

だからはたから見れば、ただの噂を確かめようとしている野次馬的な存在に見えるだろう。

そんなつもりは一切ないけど、外からそうやって見られてしまったら私の意図とは関係なくそういうことになってしまう。

「と、とりあえず顔あげてよ。ね？」

「う、うん……」

言われたので、とりあえず顔を上げる。

上げた先で見えた二人の顔は、心底困った表情をしていた。

きっと内心では、面倒だとも思われているんだろう。

そうだとしても知りたいと思う私の心にある熱は、一体どこからきているんだろう。

考えてみても、よく分からない。

「一人じゃ不安っていうのも分かるし、滅多にないルルのお願いだから叶えてあげたいとは思うよ？　ね？」

「うんうん。でも、内容が内容だから……ねぇ？」

軽いノリのグループの二人でも、夜の街に行くのは怖いみたいだ。

陽キャにもいろんな種類があるんだと、頭の片隅で思った。

「っていうかそんなに接点なかったよね？　なんで二人を探しに行きたいの？　変な噂は流れてるけど、所詮は噂じゃん。登校してくるのを待った方が良くない？」

「そうそう。頭下げてまで行く？っていうか、好奇心で行くにしては危なくない？っていうか」

「それ、なんだけど……」

やっぱりそこが引っかかるだろうっていうのは、脳内のシミュレーションでも分かっていた。だから私は、なんとしてでも行くために考えていたことがある。

「実は私、ナナとエリムとは接点があって……」

「え？　マジ？」

二人一緒に、同じ反応が返ってくる。

「ま、マジです……！」

嘘だけど、嘘じゃない。

ナナとエリムと接点があるのは事実だ。こっちの世界の二人ではないけど、言わなければ分からない。

「え、じゃあ、エリムさんの家とか行ったことあるの？」

「うん。プールとかあって、凄かったよ」

「え、ヤバ！　本当にお嬢様じゃん！」

二人してキャーキャーとはしゃぎ始めてくれた。

いい方向を向いてきたかもしれないと、内心で安堵する。

家に行ったのもプールも、まるっきり嘘というわけではない。エリムの家の玄関までは行ったし、プールがあるにはあると本人が言っていた。

……もしかしたら別荘の話だったかもしれないが、それでも彼女の家の話であることには間違いないだろう。

それに何より、気軽には確かめたくても確かめられない。

「え、でも高校じゃほとんど接点なかったのはなんで？」

しばらくはしゃいでいた二人だったが、サナちゃんの方がそんなことを口にした。

「家に行けるくらいなら、そこそこ仲良さそうに思えるのに」

「そ、それはね」

「それは？」

「実は、幼稚園が一緒だったんだ……」

「よ、幼稚園？」

「そう、幼稚園」

　ここから話すことは、全部嘘だ。

　いざ聞かれた時のために昨日の夜思いついた、私が考えられる限りでそれっぽくツギハギした言い訳だ。

　だけど違和感を持たれないように、これまでと同じような喋り方を心がける。

「私も二人も幼かったけど、それでも優しくしてもらったのは覚えてるんだ。……向こうは私のことなんて覚えてないかもしれないけど、それでも心配で」

　そこまでを一気に話し終えて、思わず大きなため息をついてしまう。思った通りに話せて、安心してしまった。

　だから二人が静かに顔を見合わせた時、これでもダメだった!?という落胆と、もしかしたら嘘がバレてしまったかもしれないという絶望に苛まれた。

「……こうよ、ルル」

「え？」

だから私は、こっちを向いた二人の言葉が良く聞き取れなくて聞き返してしまった。

二人は謎の笑みをこちらに向けた。

意味がわからなくて悲鳴が出そうになるのを、必死に堪える。

「行こうよ、ルル！」

「確かめに行こう、二人のことを！」

二人の目はキラキラと輝いていた。

「え、行ってくれるの……？」

「もちろん！」

「そんな話を聞かされたんじゃ、行かないわけにはいかないでしょ！」

「あ、ありがとう……！」

まさかここまでの反応が返ってくるとは思わず、こちらの方がたじろいでしまう。

それと同時に、嘘で話を通してしまったことに罪悪感を覚える。嘘じゃないことも混じってはいるけれど、ほとんどのことが真実とは言い難い。

けれど、そこまでしなきゃ行きたくない場所なんだ。私だって本当は怖い。そうまでして確かめなきゃいけないことだからと、自分自身を納得させる。

心の中で二人に謝って、私は学校を後にした。

〇

夜の街は、遠目に見るとキラキラと輝いている。

「あそこだね、目撃情報があったっていうのは」

「緊張してきたね」

「この感じ、いざ大人になっても入りづらそうじゃない？　そうでもないのかな？」

「酔ってるから大丈夫……なのかも」

「なるほどー……？」

近づいたら、そのキラキラはもっと強くなった。

ちょっと強すぎて、もはや目に眩しい。

こんなところにずっといたら、私ならどうにかなってしまうかもしれない。

そもそも私がこの街に足を踏み入れることなんてありえないと思っていた。

今はその、ありえないことが起きている。

本当に、ナナとエリムはここにいるんだろうか？

絶対に見つけたいという思いと、こんな場所にいてほしくないという思いが半分ずつある。

本当は、出来ることなら二人には家にいてほしい。

けれど、ここまで来たんだから見つかってほしい。

相反する思い。

それは焦りを生んで、私の手に込める力を強くさせる。

「来たけど、どうする？　ここにいるのを見たってだけで、どこにいるかまでは聞いてないし」

「あ……」

言われてから気がついた。

ナナとエリムがどうなっているんだろうってことだけが頭を埋め尽くしていたせいで、来てからのことなんて考えてなかった。

ど、どうしよう。

せっかく頼んで二人にも来てもらったのに。無駄になってしまったら、二人に申し訳が立たない。

「こう言っちゃなんだけど……こんな広いところで、手がかりもなしに見つかるとは思えないんだけど?」

「う、それはその通り、です……」

「いや、敬語やめてよ。責めてるわけじゃないんだってば。ね?」

「そうそう。ただどうしようかなって相談してるだけで」

「このままだと、私たちも変に思われちゃうだろうし」

二人からの視線を浴びているのを、頭に感じる。

その視線を直接受け止める度胸がなくて、ただひたすら地面を見つめ続けることしか出来ない。

実際にここに来てみたら、二人とも学校にいた時よりかは冷静になったんだろう。

私もそうだ。

冷静になった頭は、どうしようどうしようと焦り続けている。

こっちでの私はナナとエリムとは関係がないから、連絡を取ろうと思っても取りようがない。

困った……。

下を見ていても、夜の街特有の活気ある声は聞こえてくる。

時々聞こえる怒鳴り声みたいなのを、二人が浴びていたらどうしよう。

それとも、二人なら上手く受け流せるんだろうか？

だとしても、怖いものは怖いだろう。

それよりも、もっと酷い目にあっている可能性だってある。

どうしよう。

私じゃ、どうにも出来ない……。

「ちょっと、私が通ってた高校の制服が見えるって聞いたから来てみたんだけど、なんの用!?」

ナナだ。

「ナナ……！」

まさか彼女の方から現れてくれるとは思わず、私はつい大きな声を出してしまった。

そのせいで、喧騒の中でも聞こえたらしい。

ナナがこちらを向いて、微妙な顔をする。

「気安く呼ばれる筋合いはないんだけど……なんかそうは言い切れないのよね。会ったことあるとは思えないのに」

彼女が不思議そうに首を傾げると、大きめのピアスがゆらゆらと揺れる。

そういうアクセサリーを含めて、彼女は煌びやかな衣裳を身に纏っていた。

赤を基調とした鮮やかなドレスが、とてもよく似合っている。

短いスカートは、ひどく蠱惑的だ。

それのお陰もあってなのか……すごく、夜の街に溶け込んでいる。

そうだと分かると、背筋に悪寒が走った。

本当に、ナナは……。

「あっ、エリムさん……！」

サナちゃんの声につられてそっちの方向を見てみると、これまた煌びやかな衣装を身に纏ったエリムが反対側から来ていた。

こちらは青を基調としており、長いスカートだけど大胆にスリットが入っていた。

エリムがそんな格好をするなんて思わず、そのギャップもあって息を呑んでしまう。

「私も同じ理由で気になって来てみたんですが……まさかこんなところで、ナナ先輩にお会いするとは」

「まだいたんだ。見上げた根性」

「お褒めいただき、光栄です」

「ここでは嫌みっていうのが分からないと厳しいかもよ、お嬢様？」

ここでもエリムとナナは、バチバチしているらしい。

エリムがナナを追いかけてこの街に来たっていうことなら、ちょっと納得出来る。

そうなると、中身はあんまり変わってないのかな？

そうなんだって知ると、少しだけ安心出来るかもしれない。

けれどエリムを追ってやってきた黒服の姿を見て、私は背筋に悪寒が走った。

怖い。

いかにもという姿の黒服はそのままエリムを店のほうへ連れて帰ろうとした。

エリムは一瞬だけナナの方を名残惜しそうに見たけど、黒服の言葉に従ったのかそのまま帰って行った。

そんな様子を見ていた私たちが、怯えているのが分かったんだろう。

ナナはため息をつきながら、街の外の方を指差す。

「早く帰ったら。今はまだマシだけど、これから夜が更けるにつれてもっと危なくなるし。そこまで面倒見るつもりはないからね？」

こちらを気にかけてくれているらしいナナの言葉に、私の胸には込み上げるものがあった。

それがなんなのかは分からないけど、嬉しいのには違いない。

「あの……！」

自分も帰ろうとしていたナナが振り向く。

「ありがとう、ございます……！」

出てきたのはそんな言葉だった。

振り絞るように声を出したせいで、変な抑揚になってしまう。

恥ずかしいけれど、そのままナナのことを見つめる。

目線を逸らしたら、言葉自体がなかったことになりそうだったから。

ナナは驚いた表情をした後、フッと穏やかな顔で笑った。

その笑顔は、身に纏っている衣装とは違う。いつかの学校でも見かけたものだった。

「なにそれ。変なの。そんなんだからこんなところに平気で来れちゃうんだ」

彼女はそれだけ言うと、足早に去っていった。

二人が去っていった後には、すぐさま呼び込みの人が立ち並ぶ。

「……行っちゃったけど、良かったの？」

「……うん」

「なんか一瞬の出来事すぎて、よく分かんなかった」

「めっちゃ綺麗だったよね、二人とも」

後ろで二人が何か言ってる気がするけど、よく分からない。

適当に、相槌だけを打ってしまった。

私はただただ、ナナの去って行った場所をじっと見つめるばかりだった。

それは美しいものをもう少し見たかったという、かわいらしい感情からじゃない。

彼女は本当に大丈夫だろうかと、心配してしまったせいだ。

ナナは始終笑っていたしずっと余裕を持っているようだったけど、帰り際に一瞬だけ見えた顔はすごく疲れているように見えた。

いや、疲れてるんじゃない。

あれはきっと、なにかに絶望している顔だ。

中学の時に突き飛ばしたバレー部の子と、同じ目をしていた。

「ほらほら、ボーッとしてないで帰ろう？　ナナ先輩もそう言ってたし」

「あ、そ、そうだね」

彼女の好意を無駄にしてはならないと、私たちは急いでその場を後にした。

息を切らして、一番近くの駅まで走る。

そこまで走るとさっきまで見えていたギラギラした輝きではなく、いつもの明かりが辺りを照らしていた。

いつもの街に、戻ってきたんだ。安堵から、ため息が出る。

二人も、同じような状況だった。

いや、二人の方がそんなに苦しくはなさそうだった。体力が欲しい……。

「今日は本当にありがとうございました。おかげでナナともエリムとも会えたし……」

しばらく呼吸を整えて落ち着いた頃に、私はそうやって切り出した。

頼んだ時と同じくらい頭を下げる。

「それは無事に帰ってこれたからいいんだけど……でも、二人ともう夜の街に馴染んでる風だったよね」

「うんうん。こっちに戻ってきてもらう余地もないと思った」

「そう、だね……」

元々本当に戻ってきてもらえるなんて思ってなかった。

というか話したこともない私が何かを言ったところで、どうにもならなかっただろう。

でも、それでも、彼女たちを救ったり気にかけたりする人は、こっちの世界にはいなかったんだろうか。

夜の世界に行くまで、彼女たちが追い詰められたのはなんでなんだろう。

なにも分からない……。

けれど確実に言えることは、私の世界にいる二人の方がきっと無理のない人生を送っているってことだ。

求愛性少女症候群は、もしかすると私たちを守っていたのかもしれない……？

ふと、そんなことを考える。

今まで散々嫌だと思っていたものが、私たちには必要だった？

もしかしてここは、三人ともが、失敗した世界なんじゃないだろうか。

「ねー、ルルってば！」

そこでようやく、二人から話しかけられていたことに気づいた。

「ご、ごめん。色々考えちゃって」

「それは分かるよ。心配だった二人が、あんなことになってたんだし……」

「でももう、私たちにはどうにも出来ないよ。二人の親とかに任せよう？」

「う、うん……」

変に達観した二人の言葉に、頷（うなず）かざるを得ない。

「それでさー」

さっきまでの雰囲気とは一転、二人は笑顔になる。

「ここまで来たんだから、ちょっといいもの奢ってもらわないと割に合わないよねー」

「ねー！」

「奢……」

それはそうかもしれない。

だけど、今はなんとなくその笑みが怖くなった。

すぐ切り替えられる精神性と言うんだろうか？

私とは相容れないいんじゃないかと、今更ながらに思ってしまう。

「えっと、なに、何食べたい？」

様々なことがあった後っていうこともあって、不自然な感じの返しになってしまった。

誰が見ても、今の私は動揺してるって分かるだろう。

「いや、え、なんでそこまで動揺してんの？」

「そんなに動揺されると、こっちが脅してるみたいじゃん。やーめーてーよー」

冗談っぽく返されるけど、それすらもなんだか嫌だ。

お金というか報酬を求められるのは、当然だと思う。

それについては、異論はない。

私はただ、二人のノリが気持ち悪いと思ってしまっているんだ。

それは根本的でかつ、致命的なものだろう。

ノリが合わなければ、この二人とどころかグループですらやっていけなくなってしまう。

そこまで考えた私は、背中に走る悪寒に身震いした。

「え、と、お腹すいたし……マキワでもいい？」

そんな思いを表に出さないように、二人に提案する。

「うん！」

「行こう！」

いつも通り楽しそうな二人の様子とは裏腹に、私の心はとんでもなく沈んでいた。

二人と話すのが、しんどいかもしれない。

そんなことを、思ってしまったんだ。

明日からの学校生活が、すごく不安になる。

けれど、それ以上にさっき見たエリムとナナのことが心配でならない。

そりゃあ、共犯関係になって話す前はあんな風でも全然おかしくはないと思ってた。

でも実際に話してみた二人は、あんな風じゃなかった。

もっとしっかりしていて、芯が通ってて……言葉にするのは難しいけど、あんな二人を見るのはすごくつらかった。

それくらいつらそうなのにナナとエリムは、あそこで生きることの不安よりも学校生活での不安のほうが大きくなってしまったのかな。だから……。

自分の不安すらどうにも出来ない私には、これ以上何も出来ない。

▼それ以上は知らない

どうして、ルルのことを偽物だと思ったのか。

そう聞かれても、曖昧な答えしか思い浮かばない。

別に毎日見ているわけでもないし、気にしていたわけでもない。

それもそうだ。

私たちは友達なんかじゃなくて、あくまで一時的な共犯関係だったんだから。

変に馴(な)れ馴(な)れしいのは、気持ち悪い。

それでもふと一目見た時に何かが違うと思ったのは、分かりやすくいえば女の勘というやつなんだろう。

変なところで発揮しなくてもいいのに、とは思ったけれど。

もっと言うんだったら、もう少しアタシの益になる時に勘が冴(さ)えてくれれば言うことないのにとも思ったけれども。

……人生って、ホントに上手(うま)くいかない。

でもまぁ、結果として面白い話が聞けたから良かったのかもしれない。

同じ人間同士の、入れ替わり。

違う世界が存在していることの証明。

そこでの私の生き方。

全く驚かないワケではなかったけど、それでもどこかで納得しているアタシがいた。

というか、ほとんどの人間はアタシがそうなっていることに対して違和感がないと言うだろう。

自分だってそう思う。

きっとあのまま承認欲求を抑えきれずに悩み続けて、病みが加速していっていたら……危ないことも、やっていたかもしれない。

実際裏アカで露出している人の中には、そこでの反応に喜んで露出する肌の面積を増やしていく人も多い。なんなら最初は肌を見せていなかった人も、そうやって露出するようになっていく。

その結果として、他の人と交流することになった……という人も少なくはない。

そこでの『交流』が何を示しているのか。

もう子供とも言い難い年齢になったアタシに、分からないわけがない。

きっと向こうのアタシも、そういう流れの末に夜の街に行き着いたんだろう。

でも、こちら側のアタシは、今はそうはならないと言える。

だって今のアタシには明確な夢があって、しかもまだそれが破れていないんだ。

なら、夢に向かっていくしかない。

……っていうとなんか熱血みたいで嫌だけど、それくらい心の底から努力しようと思える。

最近読モとしては紙面の他に、動画投稿サイトでの活動も増えてきている。

動画は動きがあることもあってまだ慣れないけど、慣れないからって恐れたり下に見たりしなければ、なんとかやっていけるだろう。

でもそれは、アタシの意志だ。

向こうのアタシは、また別の事情で道を選んだんだろう。

アタシなら、どこでだってそうやって人生を歩いていくに決まっている。

後悔なんてしない。

だから、アタシが悲観することは何もない。

……それよりも、ルルの現状がこれまでよりももっとすごいことになってる方が気になる。

正直、ファンタジーすぎて面白い。

何も知らないまま話を聞いたら、ルルが見た悪い夢か何かだと思うだろう。

そもそもの求愛性少女症候群だって、それらしい人間が多いからこそ真面目(まじめ)に取り扱う人も増えているってだけの現象なんだ。

一人や二人だけだったら、その人たちが病院に送られるだけだっただろう。

それなのに、さらに別世界の自分と入れ替わるなんて……！

ヤバい、面白すぎる。

一人の女子高生が背負うようなものじゃない。

ルルの人生を考えた神みたいな存在がいるんなら、その人はきっとドSなんだろう。じゃなきゃここまでの苦難を与えない。

でも、今回のルルはこれで良かったんじゃないかと思うアタシもいる。

それはもちろん、話が興味深いからっていうのもあるけど、それはそれだ。

このくらい大きな出来事が起きれば、あの子の症候群も良くなるんじゃないかな？っていう期待が大半を占めている。

共犯関係になった三人の中で、あの子だけが未(いま)だに症候群に苦しめられている。

しかもアタシみたいに軽い症状ならともかく、あの子のそれは確実に日常生活に影響を与えるものだ。

きっとそこには、想像出来ない苦しみがあるだろう。

だからって特別気にかけることはしてなかったけど、たまに学校で見かけたり裏アカでしている呟き(つぶや)から焦燥感にかられているのはよく分かった。

あ、そっか。

その焦燥感が今のルルからは感じられなかったというのも、偽物だと思った理由かもしれない。

どちらかというと、嫌なくらいに落ち着いていた。

あの子の話からすると元の世界ではリスカをして感情を爆発させていたみたいだし、こっちの世界のルルと違うのも頷ける(うなず)。

こっちの世界のルルは、感情を爆発させる術(すべ)を知らないまま症候群になってしまっている。

だから、不完全燃焼のようにくすぶっているんだろう。

それは悪いことじゃない。リスカなんて自分の身体(からだ)をわざわざ傷つけることはしない方が身の為(ため)だし、他の手段で発散させるのも手段によっては危ない。

ただ、症候群の出方が悪かっただけだ。

もっと軽い症状か、もっと重く人々が同情的になってくれるものであれば良かった。

そう上手くいかないから、症候群として病気扱いされてるんだろう。

……と、いうのは全部アタシの推測でしかないけど。

そこまで推測したからって、本人に対して何か言うわけでもない。

万が一にでも求められたら答えるかもしれないけど、肝心の裏ルルがアタシのことを警戒している。ファーストコンタクトが良くなかったらしい。

向こうにもアタシはいたはずなのに見惚れてたのは、どうしてなんだろう?

そもそも表のルルは見惚れないのに、なんで裏のルルだけ……?

そこだけはどれだけ考えても、イマイチ釈然としないままだった。

◇悪くない非日常だから

　ナナが言うには、どうやら私か表ルルのどちらかが求愛性症候群を発症して、こんな風に精神が入れ替わるなんてことになってしまった、ということらしい……。

「でも、私はその求愛性少女症候群がない世界にいたんだよ？　それなのに症候群になるっていうのは、だいぶ無理があるとは思わない？」

「それなんだよねぇ……」

　ナナは、考える素振りを見せる。

「ただでさえ求愛性少女症候群のことはほっとんど分かってないから、そう言われると返す言葉がない」

　その素振りすら美しくて、やっぱり探偵役にも向いているかもしれないと思った。

「私も裏ルルである貴方（あなた）のほうが発症したのではないかと思います。あくまで、根拠のない推測ですが……」

「だよね。アタシもそう思う。二重に発症するよりも、新たに発症したっていう方が現実味があるくない？」

「現実味は……全部ない」

最初からない。

精神が入れ替わっていることも、世界によってちょっと私が違うってことも、人に触れると体調が悪くなるっていうのも、全部現実味なんてない。

そもそもすっかり受け入れてしまってたけど、人に触れると体調不良になるってどういうこと？

それだけでもすごいのに、動けなくなったりなんなりすることもあるらしいっていうんだから怖すぎる。

そんな症候群がテレビで話題になるくらい広まっている世界なんて、とんでもなく最悪だ。

人が住んでいい世界なんだろうか？

それとも私って、いつの間にか地獄に来てたの？

「そう言われたら、返す言葉が一つもない」

「私なんて、家に帰れないっていう症状でしたからね」

「家に帰れない……？」

まさしく、都市伝説というにふさわしい症状だった。

どういうことなのか全然分からないし、想像もつかない。

聞いても分からない気がしたから、深くは聞かないようにしておいた。

……あ、そうか。

この二人とは普通の友達じゃなくって、その症候群という括りの繋がりを持っているんだ。そんなの分かるはずもないから、ナナに対する私の最初の反応は間違ってなかったはずだ。

だからこそ、友達っぽい馴れ馴れしさはないんだろう。

このくらいの距離感の同級生がいたら、良かったのになぁ……。

もう既にグループが出来てしまっている以上、叶わない願いが思い浮かぶ。

向こうの世界には私が知っている限りでは症候群もないから　そんな繋がりも生まれないだろう。

こういう点は、表のルルの幸運なところかもしれない。

「っていうか、二人は元に戻りたいワケ？」

核心を突くナナの言葉に、私は狼狽える。

「……戻りたくないんですか？」

その一瞬だけで、思っていることを悟られてしまったんだろう。

エリムが、そう問いかけてくる。

「向こうはどうかは知らないけど……私はそんなに帰りたいと思ってないかも」

学校のグループという、既に抜け出せない枠組みのせいでリスカをしてしまうほどだったんだ。

積極的に戻りたいとは思わない。

それどころか、言っているうちにこのままでもいいという思いが強くなってきた。

このまま平和に学校を卒業して……そこから先のことは考えてないけど、これから考えていけばいいだろう。

とにかく、平和であることが大事だ。

あんな昼も夜もワイワイ話してなきゃいけないようなグループ、もう耐えられない。

「だとしたら、多分向こうのルルもそう思ってるだろうね。別に戻らなくていいって」

「……どうしてそうだと思うの？」

「現実から逃げたいルル二人が入れ替わったって考えると、自然じゃない？」

「確かに……」

そう考えたら、入れ替わった二人の境遇が違うのも納得出来るかもしれない。

逃げたいのに一緒の環境に行ったって、意味がないだろう。

「でも求愛性少女症候群だとしたら、絶対元に戻った方がいいよ」

ナナは口元に笑みを浮かべながら、そう言った。

「それはなんで？」

「求愛性少女症候群って名前をつけられてることからして、安心出来るようなものじゃないでしょ？　きっと今は良かったとしても、これから先しんどくなっていくよ」

……そうだろうか？

そう言われても、全然ピンとこない。

望んでいる環境にお互いが身を置けるようになったんなら、それが一番だと思う。

しんどくなっていく未来も、いまいち想像が出来ない。

私がそんな風に思っているのが、伝わったのかもしれない。

ナナは呆れたように、ため息をつく。

それから、思いっきりドヤ顔を決めてきた。

「ほら、先輩の言葉はありがたく受け取っておくべきでしょ？」

「いや、さっきそういう関係じゃないって、ナナ自らに否定されたし……」

「それとこれとは別じゃん!?」

「そうかなぁ……」

アドバイスを受け取って欲しいなら、ちょっとは役に立つことを言うべきだと思うのは私だけなのかな？

「とにかく、しばらくは普段しないことを心がけてみればいいんじゃない？」

「そうですね。それで見えてくることもあるでしょう」

エリムもそんな風に言ったので、私はちょっと驚いた。

「それに、今の現実は本当に理想のものなんですか？」

彼女は続けてそう言った。まるでそうじゃないとでも言いたげな一言に、私は言葉を詰まらせる。

理想だと言いたいはずなのに、言い切れないのは何故なんだろう。

とりあえず明日の放課後は、言われた通りに普段しないことをしてみようと思った。

そろそろ下校の時間だ。

今日は帰ろう。

◯

次の日の放課後。

症候群かもしれないものを良くするためには、悩みに対して自分が普段しないことをしたらいいと言われたけど……。

「何をすればいいのか、さっぱり分からない……悩みといえば、そもそもこの状況そのものだし……」

私は教室で一人、頭を抱えていた。

すでに教室からは人がいなくなっており、独り言を喋ってても咎める人はいない。

外からは、活気のある部活動生の声が聞こえる。

手っ取り早く変われる手段として挙げられるのは、やっぱり部活だろう。

運動部だけでも多種多様なものがあるし、何より中学の時に培った体力がまだ残っているはずだ。

それを糧に中学の時みたく部活をしてみたらいいんじゃないかと、最初は軽く考えていた。

しかし『体育の授業の運動ですらどうにもなっていないんだからきっと意味がない』という表ルルからの反論があった。

通った理論を言っているように思えて、本人が運動をやりたくないだけなんだと思ったのは、自分も同じだったからだ。

というか運動だけじゃなくて、そもそも部活をやりたくなかった。

部活ほど人と密着する機会が多いものはないだろう。

それに時間を拘束されてまでしたいものなんて、今の私にはない。

これからの人生に向けて、勉強を頑張った方がいいくらいだ。

そういえば、勉強している範囲もあまり変わっていなかった。

変わっているところと変わってないところの差はなんなんだろう？

……それについては、まだ情報が足りない。

だって、人の人生に影響を与えるものなんて星の数ほどあるのだ。

大きなものじゃなくて小さなものが原因かもしれないし、今のうちに断定するべきじゃない。

とりあえずこのままずっとここにいるわけにもいかないので、校内を徘徊（はいかい）してみることにした。

教室に戻らなくても帰れるようにリュックを背負って、教室を出る。

他の教室にはまだ残っている人がいるらしく、ポツポツと話し声が聞こえる。

ふと教室内が見えてしまったら、カップルらしい生徒と目が合った。

気まずさから、急いで階段を上がる。

変に息があがってしまった。

よりにもよってカップルだったから、余計に心臓に悪い。

落ち着くために、その場に立ち止まる。

顔の距離が異様なまでに近かったから、もしかするとキスでもするつもりだったのかもしれない。

それだったら放課後の教室じゃなくて、どちらかの家にでも行けばいいのに。

……それはそれで、問題なのかもしれない。

あんな風に付き合ったことがないから、分からないけど。

誰かと付き合ってみるっていうのも、普段とはかけ離れていることかもしれない。

前に一度、お遊びで付き合ったことがあるくらいだし。

でも、私が本当に誰かを愛せるのかって考えると不安になる。

自分のことすら嫌になって傷つけてしまうのだ。

恋人を傷つけてしまったら、きっともっと強い罪悪感に苛（さいな）まれてしまうだろう。それでリスカじゃ済まなくなってしまうかもしれないのが、一番怖い。

……それに、あのグループじゃ男子と話す機会なんて滅多（めった）にないだろう。

話したとしても変に思われるだろうし、恋なんてしたらきっと笑いものだ。

そうなっても私は耐えられそうにない。

だから、恋人はしばらくいらないや……。

こんな風に思ったりしてるから、出来ないところもあるかもしれない。

そんなのもう、どうしたらいいんだろうね？

負の無限ループって、どうしようもなくない？

そんな、どうしようもないことばかりだ。


「……風が気持ちいいかも」


気がついたら、屋上に来ていた。

自然と足が屋上を目指したらしい。

最近では陽キャなグループで話していて心が折れそうになった時なんかに屋上に来る癖がついてきたから、そのせいなんだろう。

どうしてそうなるのかは、自分のことなのに分からない。

別に屋上じゃなくてもいいのに、私の無意識は屋上を選んだ。

考えれば学校から出るという選択肢もあったはずなのに。

どうしてここに来たんだろう。

特に学校に愛着があるわけじゃないにもかかわらず、だ。

だから、不思議と言えば不思議だ。

ただ、落ち着くことは落ち着く。

ゆったりとした風が、頰を撫でる。

ちょっとだけ冷たいけどむしろそれが気持ちいい風に、思わず目を細めた。

晴れの日は紫外線に気をつけなきゃいけないけど、穏やかな気候だと嬉しくなる。

晴れやかな空の下でゆっくりするのは嫌いじゃない。

フェンスの前に立ち、そのまま下を見る。

下はグラウンドで、この時間は運動部が元気に走り回っている。

けれど、グラウンドから屋上までは距離があるせいなんだろう。時々かけられる励ましや応援の声なんかは、遠くにあるように聞こえる。

何処か別世界の出来事みたいって言えばいいんだろうか。

もしも神様がいるとして、住んでいるのが空の上ならば、もっとどうでもよく思えるんだろう。

だからこそ、大して罪のない人間を不幸にしてしまえるのかもしれない……。

そう考えると、神様はいるのかもしれないと思えた。

とにかく、ここから落ちたら誰かにぶつかってしまうだろう。

出来ることなら、それは避けたい。

私のせいで誰かまで痛い目にあうのは、心苦しい。

「……えっ？」

そこまで考えて、ハッと我に返った。心臓がドクドクとうるさく鳴っている。

どうして、落ちることなんて考えてしまったんだろうか。

いくらなんでも、屋上からなんて、そんな危険なこと……。

さっきは落ち着くと思ったけれど、このままここにいたら何を考えるか分からない。

そう思った私は、すぐさま屋上を後にするのだった。

○

家に帰ろうと玄関へ向かっていたところ、相沢(あいざわ)さんたちとお昼を食べている教室の戸が開いていることに気がついた。

滅多(めった)に使用されることのない教室が開いているのが珍しくて、覗(のぞ)いてみる。

「あ、ルルちゃん！」

するとよりにもよって、その相沢さんと田中(たなか)さんがそこにはいた。

どうしているんだろうと思いつつも、ここで関わらないのも変だと思って声をかける。

「二人とも、残ってたんだ」

「聞いてくれないか、ルル。こいつなんか推しキャラの影響とか言って、タロットにハマってさ」

「た、タロット？」

「そう、タロット」

それはまた随分スピリチュアルな単語だ。

でも、そこが少し相沢さんぽいかもしれない。

ここまで喋ったからにはタロットについて詳しく聞いた方がいいだろうと思って二人に近づいて見てみれば、確かに間に挟んである机の上にはタロットカードらしきものが並んでいた。綺麗な人たちが描かれているカードで、死神らしいキャラクターもそんなに怖くないものになっている。

「そこの悩んでいる御方、よろしければ占いますぞ……？」

「それだと悪代官みたいに聞こえる」

「そ、そう？　イメージとしては、悩める子羊を導く老人だと思ったんだけど……」

「というか、なんで学校でやってるの？」

その質問に、なぜか沈黙する。

「あ、えと、学校だとカード無くしちゃったりしたら困るじゃん？」

変な質問をしたんだと思って、焦って言葉を続ける。

けれど相沢さんは、いい質問をしてくれましたっと目を輝かせた。

反対に田中さんは、まるで面倒なことになったとでも言いたげにため息をつく。

「それは確かに心配なんだけど、私の家よりも学校の方が風の通りがいいんだよね！　だから最近は、放課後にここでタロットの勉強をしてるんだよー！」

いつもよりテンションが高い。

それくらい楽しいってことなのかもしれない。

相沢さんを見ているといつも楽しそうで、ちょっと羨ましい。

「風の通り……？」

でも、その単語は良く分からなかった。

いや、意味自体は分かる。

けれどそれがどうしてタロットに関係しているのかが、よく分からない。

風って、カードを吹き飛ばすからよくないんじゃないのかな？

「うーん、具体的な説明は難しいんだけど……いつもより占いが当たってる気がする！」

「初心者なんだから、あんまり変わらないだろ」

「なにをー！　タロットって、直感が大事なんだよ！」

「初心者が偉そうに」

「それはそうかもしれないけど！」

二人のやいやいしたやりとりを見ていると、帰った方が良かったかもしれないと思えてくる。でも、今帰るのは流石(さすが)に不自然だし……。

どうするべきか悩んでいると、相沢さんがこっちを向いて改めて言った。

「ルルちゃん最近悩んでいるみたいだから、力になれたらなーって思うんだけど……どうかな？」

「……」

やっぱり私の立ち振る舞いは、ちょっとおかしいらしい。

悩んでいるのはいつものことだろうけど、特別そんな風に見えたっていうのは、そういうことなんだろう。

本人じゃないってバレなかっただけマシかもしれない。

「そ、そうだね。興味あるし、占ってもらっちゃおうかな……」

あまり気乗りはしなかったけど、普段しないことをまだしていなかった私は、タロットという滅多に見かけないものを受け入れることにした。

机から椅子を引いて、二人から等間隔になるような場所に置いて座る。

「やったー！」

「実験体が増えて喜んでるぞ」

「そんなんじゃないってば！」

……まぁ実際、実験の方が近いだろう。

勉強中の素人だっていうんなら、結果にも期待は出来ない。もしかしたらとんでもなく悪い結果が出るかも……。

一番悪いのは良い結果が出て油断することかもしれないし、それの方がまだマシかも。

けれど相沢さんは、本当に力になれることを喜んでいるみたいだった。

「ルルちゃんの力になれるんだから嬉しいよ」

そんな気障な……くさい言葉を平然と言ってのけられるくらいだ。

しかも笑顔だし。

こっちに来てから思っていたことだけど、相沢さんはいい人なんだろうというのをひしひしと感じさせてくる。

それは陰キャだからそれしか褒め言葉がないなんてことじゃなくて、純粋に事実としてそうなのだ。

それはむしろすごいことだと思う。

というか陰キャでも、性格が悪い人間は普通に悪い。

陰か陽かだけで善悪が決まるわけじゃない。サナたちも、悪い人間じゃないし……。

それはともかく、そんな相沢さんがずっと一緒にいるってことは田中さんもきっといい人なんだろう。……口が悪いのは、見ていてちょっと痛々しいなとは思うけど。

彼女はそれでも占いなんてプライベートなものだからと言いながら立ち上がり、ジュースを買いに行くと言い残して教室を出て行ってしまった。

こういう潔さみたいなものは、ちょっと憧れる。

「それで、私は一体どうしたらいいの？」

カードをシャッフルしている相沢さんに問いかける。

「そうだね、じゃあまずは、どういう問いをタロットに教えてもらいたいか考えてくれる？　それも、具体的なものの方がありがたいかな」

「問い……？」

問いと言われても、タロットにはどういう問いをしたらいいのか分からない。

私は思わず、首を傾げてしまう。

「あ、えっと、たとえば、今日の運勢は？みたいなそういう……」

「運勢……？」

それは具体的なんだろうか。余計に自分の頭は、疑問ばかりになっていく。

相沢さんは急いで、傍に置いておいた本をめくる。

どうやら指南本らしいそれは、まだ真新しかった。

「そう！　自分がこうしたいっていうのと、それならばどうするべきかっていうのを問いに盛り込むといいんだよ！」

どうやら、答えは見つかったらしい。

自分がこうしたいっていう意志。そのために、自分はどうしたらいいか。

すぐには答えられなくて、「ちょっと待ってね」と言って考える。

自分は、どうしたいんだろうか？

考えるけれど、私にとっては一つしかなかった。

「とにかく平穏な日々を過ごしたい」

出てきた答えは、最初から変わってなかった。

それを聞いた相沢さんが、少し驚いている。

「ルルちゃんって、そうだったんだ。……てっきりもっと、楽しい日々を求めてるのかと思ったよ」

今まで見ていたルルはきっとそう思っていただろうから、彼女が感じていたことは何もおかしくないいんだろう。

「……最近は、そう考えるようになってきたっていうか」

そう。嘘じゃない。

けれど願いが固まって、気づいたことがある。

タロットには、良い結果もあれば悪い結果もある。

それは星座占いも血液型占いもそうだけど、タロットは大体が対面で占ってもらうものだ。

なんだかこう、それが初心者がやったものであれ格が違うような気がする。そうなるともしも悪い結果が出た場合、ものすごく悪いことになるんじゃないだろうか？

そうなってしまうのが怖くて、シャッフルしている手を思わず握りしめてしまった。

「え……？」

相沢さんの驚いた顔が近くにあることに私もびっくりして、ゆっくりと手ごと机に下ろす。そして、手を放した。

自分でやったことなのに自分で驚くなんて、意味わかんない。

落ち着かない心臓を無視して、ゆっくり口を開く。

「タロットって悪い結果が出たら、本当に悪いことが起きる……?」

相沢さんは驚いた顔から穏やかな顔になると、首を横に振った。

「そんなことないよ。タロットっていうのは未来を決めるものじゃなくて、未来を良くしようっていう力になってくれるものなんだよ」

「へぇー……」

未来を、良くしよう。

その言葉に、私は惹かれた。

てっきり未来を決めるものだとか当てるものだと思っていたけど、そうじゃないんだ。

「じゃあ、良くない結果が出ても努力とかすればいい結果になったりする?」

「うん！　良くない結果っていうのは、忠告みたいなものだって思っていいかも。それにいい結果が出ても油断したら、良くないことが起きるかもしれないしね」

「そうなんだ……」

どういう結果が出るのか、ちょっと楽しみになってきた。

「じゃあ、これからルルちゃんは平穏な日々を過ごせますかって聞いてみようか」

「うん」

そう言うと相沢さんはシャッフルを少しだけ再開して、それからカードの山を机に置いた。

「ここから、一枚引いてもらっていい？」

「え、一枚でいいの？」

てっきり、何枚か引くものだと思っていた。

それを複雑な形で置いて、そこから意味を読み取るんだとばかり思っていたから……。

さっきからずっと驚いてる気がする。

これだけ驚いているんだから、少しずつでも症候群が良くなってくれていたらいいのにと思う。

けれどなんの反応もないから、意味もないんだろう。

「ごめん。初心者だから、複数のカードがあってもあんまり意味を教えてあげられないんだよね……」

「ああ……」

それなら仕方がない。

「一枚でも、充分道は示してくれると思うから」

その言葉を信じて、私はカードの山から一枚を引いた。

それを、机の上に置く。

「これは……？」

それは、綺麗な月が載っているカードだった。

けれど月は空ではなく、下の方にある。

よく見てみると、その月を眺めている人が反対になっていることに気がついた。

「あれ？」

「あ、待って！」

カードが反対なんだと思ってひっくり返そうと伸ばした手を、相沢さんに止められる。

「そのままで大丈夫だよ。タロットには正位置と逆位置っていうのがあるから、逆なら逆の意味があるんだ」

「え、そうなんだ」

タロットって奥が深いんだなと思う。

「うん。だからこれは、月の逆位置だね。えーと……」

また本を見て、意味を調べているみたいだ。

でも一枚のカードにふた通りの意味があるんなら、覚えるのも大変だろうし、きっとそういうものなんだろう。

私はカードを見ながら、相沢さんの言葉を待つ。

こういうカードの月って大体顔があるような気がするんだけど、このカードは本当にただの月みたいだ。

綺麗な満月が、イケメンっぽい人を照らしている。

月に顔があったりすると怖いと思っちゃうから、こっちの方が嬉しいな……。

「月の逆位置は、どうやら少しずつ現実が見えてくることを意味しているみたい」

そう思っていると、不意に結果が告げられた。

随分と抽象的な結果だ。

「現実が……？」

それは、どういう意味なんだろう。

「えっと、月が昇ってるんじゃなくて降りてきているってことはもうすぐ夜明けが来ることの兆し。夜明けによって人間は目覚め、いろいろなことに気づき始めるでしょう……そう書いてある」

「つまりどういうこと？」

「これは曖昧な表現になるんだけど……これまで不安定だったことが、安定してくるんじゃないかな？　それってつまり、平穏な日々に繋がってそうだよね？」

「そうなのかな？」

「きっとそうだよ」

笑顔で言われると、そうかもしれないと思えてくる。

不安定だったことが、落ち着く。

そもそもその不安定なものっていうのはなんだろう？

私の心……？

心が落ち着いて過ごせるようになるんなら、それが一番いい。

そうなったらいいなと浮かれそうになったけど、油断しないようにしないと。

……油断って、こういう場合なんのことだろう？

「終わった？」

「あ、今ちょうど占えたところだよ」

「これから雨が降るかもしれないから、早く帰ったほうがいいって今先生に言われた。傘持ってないし帰ろう」

「傘は持ってるけど……帰ろうか、ルルちゃん」

「うん」

そのまま二人と一緒に玄関まで行って、方向が違うからと別れた。

占いは面白かったけれど、なんだか肝心なことはどうにもなっていないようで、心の中は晴れないままだった。

このままだと、月も見えない。

◆非日常への嫌悪

目が覚めた。

二人の見たことがない姿に驚いて眠れなかったのに、いつの間にか眠ってしまっていたらしい。

覚めなければ良かったとは思わないけど、設定していたアラームよりも早く目が覚めたことに対する安堵感(あんどかん)はない。

仮にアラームの音で目覚めていたとしても、胸の中にはモヤモヤとした感情が広がっていたことだろう。

「あー……うう」

学校に行かなければならないと、頭では分かっている。

それなのに、体が思うように動かない。

このままじゃ良くないと分かっているけれど、どうやっても動かないくらいに手足が重い。

まるで金属にでもなってしまったみたいだ。

自分の意思が、うまく伝わっているような感じがしない。

こんなことは、今までなかった。

バレー部をやめて、しかもその輪から外れた時ですら、こんなことにならなかった。

受験期だったからというのもあるかもしれないけど、こんな風に気分だけじゃなくて体まで重い日はなかったはずだ。

なんなら頭もズキリズキリと痛いような気がするけど、これは気のせいだろうか。

深く考えたくない。

「……あ」

そこで、アラームが鳴った。

動くのは嫌だけど、ずっと音が鳴っている方が嫌なのでもぞもぞと動く。

頑張れば動かせるみたいだけど、今はその頑張りすら苦しい。

スマホを開いて、音を解除する。

分かってはいたけれど、来ている大量のメッセージを見て気持ち悪くなる。

返信しなきゃと一瞬だけ思ったけれど、気持ち悪さには敵（かな）わなかった。

スマホを隣に置いて、そのまま再び横になる。

今は何も見たくない。

けれどアラームが鳴ったから、起きなきゃいけない。

学校に行かなきゃいけない。

けれど起きれない。動けない。

そこで板挟みになって悩んでいるのか、横になっている心地よさで微睡んでいるのか。

自分のことなのに、よく分からない。

不思議と焦りもなかった。

もう、全てがどうでもいい。

「ちょっと！　もう起きなきゃ間に合わないんじゃ……ルル？」

どれだけの時間が経ったか分からないけど、お母さんが部屋に入ってきた。

お母さんはまだ横になっている私を見て声をひそめると、そのまま近づいてきて手を額に当てた。

「熱があるのかしら……顔色が悪いわ」

「そう、かな……？」

熱があるって自覚した途端に、具合が悪くなってきた気がする。

ずっと頭が痛いのも、気のせいじゃなかったんだ。

症候群が戻ったんじゃないかって思ってしまうくらい、苦しい。

「ちょっと体温計持ってくるわね」

そう言って部屋から出て、しばらくして戻ってきた。

私を起き上がらせて、脇に体温計を入れるように促す。

そういえば、この前保健室で体温を計ったんだっけ。そこで習った正しい入れ方になるように、脇に挟み込む。

……計っている時間が、とてつもなく長く感じる。

こんなに長いっけ？　壊れてない？

けど途中で取るのも面倒だし……大人しく待つ。

しばらくしてピピッと音が鳴った。お母さんにも見えるように、体温計を持った。

三十七度。微熱だ。

「微熱だったけど……どうする？　とりあえず、学校には行く？」

学校という言葉を出されると、もっと頭が痛くなるような気がする。

だからきっと、行かない方がいいんだろう。

ぼんやりした頭でそう判断した私は、行かないと声を出した。

「そう。今日は私も仕事だから昼間は一人になるけど、安静にして寝てなさいね」

「うん……」

学校に行かなくてもいいんだと思うと、急にまた眠気が襲ってきた。
さっきまで寝ていたはずなのに、それにもかかわらずものすごく眠い。
流れるように横になる。
「お粥作っておくから、食べれそうなら食べてね。それから……」
お母さんがまだ色々言っているみたいだけど、全然言葉が聞き取れない。
視界もぼんやりしていて、何にも認識出来ない……。
私の意識は、そのまま眠りに落ちていった。

○

不快感で目が覚めた。
「うぇ……」
汗びっしょりで気持ち悪い。
けれど、体は軽くなっているような気がする。
もしかしたら、本当に風邪だったのかもしれない。
だとしたら、休んで正解だったのかも。誰かにうつすと悪いし。

起き上がってお母さんを探したら、テーブルの上に紙が置いてあった。

かなり細かく風邪の時に気を付けた方がいいことが書いてあって、安心した。

こんな風に休むのなんて久しぶりだから、勝手が分からない。

とりあえずシャワーを浴びて着替える。冷蔵庫の中を見てみると、お母さんが作ったらしいお粥が器に盛られて入っていた。

それを手にとって、レンジで温める。

やがて鳴る、チンという音。

「あちっ」

書いていた時間通りに温めたはずなのに、手に取ってみたら熱かった。急いでミトンを取ってきて、それを使って器を取り出す。

テーブルの上に置いたけれど、この熱さだと食べれない。

諦めて、一旦お茶を飲んだ。

ずっと寝ていて喉が渇いていたのもあってか、体全体にお茶の成分が行き渡っている感じがする。普段は意識していないドクダミとかが、本当に入っているんだなぁと思わせてくれる。不思議な感覚だ。

冷めたことを確かめて、お粥を食べた。塩辛かった。

お粥を食べ終わってから、念のために飲むようにと書かれていた風邪薬を飲む。

「休んだ後の学校って、行きづらいんだよね――……」

一瞬だけ飲まないことも考えたけど、瓶に入っている錠剤タイプのものだからきっと気がつくだろう。

それにこれ以上行かなくなって、出席日数が危うくなるのも嫌だった。

仕方なく飲み干して、一息つく。

することがなくなってしまった。

まだ誰も帰ってこないし、さっきまで寝ていたせいか眠くもない。

少しワクワクしながら、普段は見ることのない教育番組を見る。

平日に風邪を引いて休んだ人間の特権だ。

どうやら今は、高校生向けの番組が流れる時間らしい。通っている学校でもやっている分野らしい単語が出てきたけど、風邪っぽい頭にはよく理解出来なかった。

うん、風邪ってことにしておこう。

しばらくしたら、興味のない番組に変わってしまった。

仕方なくテレビを消し、部屋に戻る。

そういえば今日は一度も触ってなかったなと、スマホを開いた。

「……え？」

そこで私は、とんでもない量の通知が来ていることに気がついた。

この通知数は確か、このアプリが表示できる最大の数じゃなかったっけ……？

こんなの見たことないし、本当に存在するとか思ってなかったんだけど。

すると突然、着信音が鳴り響いた。

驚いて、スマホを手から落としてしまう。ベッドの上で鳴りながら振動するそれを、見つめることしか出来ない。

しばらくすると、音は止んだ。

けれど続けて、通知音が鳴り響く。その音にもびっくりしてしまう。

どうしてこんなに、通知が来ているんだろう……？

しばらく音が鳴らなかったのを確認して、恐る恐るスマホを手に取った。

さっきは怖くて手に取れなかったけど、もしかしたら両親からの緊急の連絡だったかもしれない。だとしたら困る。

そう思って誰から着信が来ているのかを確認したら、両親ではなかった。

陽キャグループのみんなの名前が、一つずつ並んでいた。どうやら時間を空けて、電話をかけていたらしい。私が眠っていた時間にもかかってきているけど、この時間は授業中じゃなかったっけ……。

そういえば、私が電車を乗り過ごした先で途方にくれていた時に相沢さんもこうしてメッセージを送ってくれていたっけ。

その時は感じなかった嫌悪感が、確かに私の中にある。なんて言えばいいんだろう。そんなにしなくてもいいじゃんっていう、感情なんだろうか。

メッセージを見れば、その正体も分かるのかもしれない。けれど、それを見てしまったらもっとメッセージが来ることは予想出来た。

それに対してなんて返せばいいのかは、全然分からない。

きっとこの場合は、心配してくれてありがとうっていうのが正しいんだろう。

でも果たしてこれが心配なんだろうか？

電車を乗り過ごした時と違って、お母さんが学校に連絡を入れてくれているはずだ。だからきっとみんな、私が風邪で休んだってことは分かるだろう。

休むくらいひどい風邪なのかもしれないって、想像することも難しくない。

それなのにこんなにも電話をかけてくるっていうのは、もはや『誰かが休んでいる』という非日常を楽しんでいる……そんな風に思える。

だってそうだ。

こんなにメッセージを送ってどうするつもりなんだろう？

風邪気味の人間が、全部に返せるわけがない。

そこまで考えられないわけないよね？

もしかして、サボったとか思われてるの？

気持ち悪い。

なんでそんな人たちと仲良くしていこうなんて思えたんだろう。

「ああ、もう……！」

怒りにも似た感情が私の心を支配して放さない。

スマホを握ったまま、私はベッドの上に横になる。

朝ほどじゃないけど、体が重い。頭も痛い。とにかく気分が悪い。

そんな状態でも、朝とは違ってなんて返信しようかは考えてしまう。

流石(さすが)に風邪でも一日返信がないのはやりすぎだろう。

変に怪しまれてしまうかもしれない。

嫌悪はしてるけど、向こう側から突き放されたくはなかった。

だってそんなことになったら、本当に教室から居場所がなくなってしまう。それはもしも元に戻ったとき、向こうのルルに迷惑をかけることになるから避けたい。

でもグループに対して反抗的になってしまえばどんな噂を広められるか分からないし、これまでの行動も迷惑だったと改変されるだろう。

ここはとりあえず、裏ルルに相談してみようかな。

……素直に答えてくれるだろうか？

私がこの状況になったことに喜んでたんだから、そのくらいなんとか乗り切りなさいとか言われないかな？

変に不安になってしまって、メッセージを送るのも躊躇われてしまう。

そうだとしてもこっちの状況が良くないことは知ってもらいたくて、手短に今の状況と感情を書いてみる。いざ元に戻った時に居場所がなくなってるなんて、裏ルルも避けたいはずだ。今はまだついてないけど、そのうち既読になるだろう。

グループに送るメッセージは、思い浮かばない。それに。

「明日、どんな顔でみんなと話せばいいんだろう」

元から偶然出会った人間でしかないから、そこまで分かり合えているとは思っていなかった。それでも、輪に馴染みたいと思えるくらいの人たちだと思ったのに。

そうじゃなかったんだ。

元から自分に人を見る目があるとは思ってなかったけど、こんなにもないなんて誰が予想出来ただろうか？

マスクでもして行こうかな。風邪を引いた次の日なら、してても違和感もないだろうし。

あ、ご飯の時外すから意味ないか。

……一緒にご飯とか、食べたくないなぁ。

この状況のままなら、明日も学校に行きたくない。

でもずっと学校を休むってなると、授業に追いつけなくなるかもしれないって問題も出てくる。

っていうか、一日休むだけでも、ついていけなくなる授業は多い。

それだけじゃない。課題とか、小テストとかも毎日のようにある。

学校を休むって、全然いいことないじゃん。

体調管理って難しいのに、なんでこんなことにならなきゃいけないんだろう。

精神的な体調を整えるのなんてものすごく難しいし、そもそも不調の原因が同じ学校にいる可能性だってあるし。

一年間もいろんな人がいる校舎で過ごしていれば。一日くらい風邪をひいて休んでもおかしくない。休むこと前提に、色々考えてくれたらいいのに……。

……体調が悪いと気分が落ち込んじゃって、変なこと考えるから良くない。

それよりグループになんてメッセージを送れば違和感なく受け取ってもらえるか、考えなきゃ。

ああ、ダメだ。

風邪だから全然思い浮かばない。

◯

次の日も学校には行きたくなかったけど、昨日みたいに体が重たくはなかった。

だから、顔色も悪くはなかったんだろう。

心配して見に来たお母さんに「今日は行きなさい」と言われてしまった。

昨日は気分的な落ち込みに加えて、風邪も患っていたからあんなに体が重たかったのかもしれない。

念のため登校前に熱を計ったけど、微熱にもならなかった。

一日ぶりの外は、特に何が変わっているということもない。

いつものように学校に向かう。

学校に行くと、玄関で待っていたみんなに抱きしめられた。

「心配したんだからね」

「本当だよ、夕方まで連絡もないしさ」

それすらも、周りに友情を見せつけるための演出なんじゃないかと思ってしまう。

一度信じられなくなった心では、全てを疑うことしか出来ない。

それでも私は笑顔で大丈夫だと振る舞った。

結局昨日は、『大丈夫だけど、今日は大人しくしなさいって親がしつこいからスマホ見ないようにするね』というメッセージを送ったんだっけ。

それから本当に触らなかったから、どんな反応が返ってきたのかは分からない。

スマホがないと手元が暇だったけど、早く寝なさいと言われてその通りにしたらそこまで問題はなかった。

朝にはちょっとだけ見てスタンプで反応したけど、それも面倒臭かった。

「夜の街に行ってきたって聞いたぞ。危ないことするなよ」

「それはごめん……」

危ないのは事実なので、謝っておく。

「そこで悪いものとか拾って来たんじゃないか？」

そうかもと笑うみんなに同調して笑ったけど、そうだとは思えなかった。

自分達が原因だとは、考えたりしないのかな。

「昨日はルルがいないから私たち大騒ぎでさ」

「そうだと思ってた」

「一人いないと、やっぱり寂しいよ」

それから教室までずっとみんなは私から離れなかった。

今日はずっと、こんな感じなんだろうか。誰かに問いかけるでもなく、私の中で答えは出ている。

ため息が出そうになって、すんでのところで抑えた。

今はため息一つでも出してしまえば、過剰に心配されてしまうかもしれない。

これ以上に心配されるのは避けたい。みんなが何をするか分からないし、私だってどうなるか分からない。

「そもそも、ルルってめっちゃ細くない？」

「細い！　だから体壊したりしちゃうんじゃない？　今度食べ放題とか行く？」

「そう、かな。でも、あんまり食べれないかもだし……」

「食べなきゃ元気でないぞー」

休み時間に机までやってきた女子二人にお腹周りを触られ、そんなことを言われる。

本当にそう思って言ってるのかも分からないし、いつも以上にベタベタされることに嫌気がさしていた。

……今の私が症候群を患っていたら、かなり大変なことになっていただろう。

バレー部の子を振り払った時以上に、非難されることは目に見えている。

それはきっとこのグループからのみならず、同級生からもだ。

症候群のない世界でどれだけ事情を説明しても分かってもらえないだろうし、私は間違いなく孤立する。

でもその方がいいんじゃないかというくらい、気分が悪くなっていた。

症候群がないにもかかわらずだ。

ようやく私は理解した。

どうして私の手首に、無数の傷が並んでいるのかを。

私が恋焦がれていた楽しい存在たちのせいで、裏ルルは追い込まれてしまったのだ。

それは彼らに悪意があってのことではないんだろう。

明確な悪意があるならば、演技でも心配する素振りなんて見せなくていい。

心配する気持ちがないわけではない。

それは分かっている。

だからこそ嫌だし、気持ちが悪いのだ。

それはきっと裏ルルが味わった感情なんだろう。

明確な悪意でないからこそ彼女は知らずのうちに追い込まれてしまい、己を否定するように傷をつけるようになってしまった。

そして私も、同じ状況になってしまった。

このままじゃいけない。

戻らなきゃ、元の世界に。

でも、どうやって？

ここまでここで過ごしてきたけど、一切手がかりみたいなものは見つからなかった。

裏ルルも、まだ何も分からないと言っていた。

けれど、彼女は結果としてこんな状況から抜け出せているのだ。

症候群は厄介かもしれないけど、ここまでの傷をつけるくらい悩んでいたことから離れられたんだ。

元に戻ることを、望んでくれるかは分からない。

まさか、求愛性少女症候群に悩まされる方がマシな状況があるだなんて思ってもなかった。

それに、私の憧れていた楽しい高校生活を送れそうなグループともかけ離れていた。

もしかしたら、相沢（あいざわ）さんたちといた方が平和で良かったのかもしれない。

過度な干渉があるわけでもないし、私のことを真っ当に心配してくれるし……。

その人たちに同じだけの思いやりを返した方が、よっぽどいいだろう。

むしろ返していなかったことを、今更ながらに後悔している自分もいる。

もちろん後悔してるからって行動がすぐに変わるとは思えないけど、いい方向に変わっていけたらいいな。

戻れなきゃ、どうにもならないけど。

みんなから絡まれない授業中は、そんなことばかりを考えていた。

それ以外は毎時間私に付きまとってくるみんなを払い除（の）ける気力もなく、曖昧な笑みを顔に貼り付けてほとんどの時間を過ごした。

昼休みになってから、体調が悪いから保健室に行ってくると私から言った。

流石（さすが）にこれ以上、一緒にいたらおかしくなって叫び出してしまうかもしれないし……。

一緒について行こうかとみんな言ってくれたけど、そこまでじゃないからと告げて教室を出た。

安堵（あんど）からため息が出る。

どうしても心配だからって粘られるんじゃないかと思っていたから、一人になれて良かった。

だからってあんまり寄り道していると誰があのグループに告げ口をするか分からないから、言った通り保健室に向かう。

中学校の最後の方にも保健室に通う頻度は高かったことを思い出しながら、保健室の戸を開ける。

「失礼します……あれ？」

いつも定位置に座っているはずの先生が見つからず、室内を見回す。

「あ」

そこで、相沢さんと田中さんが椅子に座って向かい合っているのを見かけた。

向こうはこちらの顔を見て、バツが悪そうな顔をする。二人にそんな顔をされると傷つくのは、なんでだろうか。

「あ、えと、先生は今職員室に行ってて……」

やがて痺れを切らしたように、相沢さんがそう言った。

それならどうしようかと悩んだけど、教室に戻るのは嫌だった。

お腹が空くのは、ちょっとくらいなら耐えられるはずだ。お弁当は、帰ってから食べてもいい。

というか、戻ってもみんなに見られながら食べることになりそうだ。

それは嫌だし、このままここで時間を潰すしかない。

そう考えて、二人から等間隔に離れているベッドの端に座る。

「ちょっと休んでいってもいい？」

念のため、先にいた二人に確認を取る。

これでダメだって言われたらどうしよう。

もしそうだったら、具合が悪いって言ってベッドに横になるだけでもさせてもらおうかな。

どこにも行き場なんてないし。

「それはもちろん、構わないけど……」

二人で確認するように目線を合わせながらも、ゆっくりと頷かれた。

そのことに安心する。

「良かった。教室だと肩が凝っちゃって」

それは思わず口にしてしまった言葉だった。気が抜けていたせいでも、午前中の間ずっとそう考えていたせいでもある。

私を見つめる二人の視線が意外そうで、変なことを言ってしまったかと慌てる。

「え、もしかして変なこと言っちゃった？」

「ううん、そうじゃなくて。ルルさんも、そんなこと思ったりするんだってちょっと驚いたんだ」

「ああー……？」

改めて自分の発言を振り返ってみても、よく分からない。

そんな私の様子を理解してか、田中さんの方が口を開いた。

「学校内を我が物顔で歩いてる人間も、それを苦痛に思ったりするんだなって話」

「ちょっと田中！」

相沢さんが窘めるけれど、田中さんが言った言葉は確かに私の耳に届いた。

すごい言われように、思わず笑みが浮かぶ。

我が物顔で、学校を歩いてるって。

「それはそうかも」

「なんだよ。分かってるじゃん」

相沢さんは見るからに止めようとしてるけど、どうしたらいいのか分からないといった風に私と田中さんの顔を交互に見つめている。

けれど私は、別に不快だなんて思わなかった。

「そりゃあ、誰だって思ったりするよ。学校なんて、そこら中に地雷が埋まってるようなもんなんだし」

自然とスラスラ言葉が出てきた。私にしては珍しいことに、内心で驚く。

「……だとしても、そっちから地雷を仕掛けてきたら避けようがない！」

「え、え？」

怒りからか、田中さんは立ち上がって私の方を見た。掴(つか)みかかられそうな雰囲気に、思わず慌てる。

なんのことだろう？

さっぱり分からない。

「あの、それってどういう……」

「とぼけないで。貴方(あなた)たちのグループが、相沢を笑いものにしてるって知ってるんだから」

「し、知らない……」

初めて聞いた話だ。

これまで彼女たちのことが、会話にあがることもなかったっていうのに。

「そんなわけない！」

田中さんは、私に詰め寄る。

「田中。もうやめて」

それを相沢さんが阻止しようと前に出る。

私はそれを、見つめることしか出来ない。知らない話で私が被害にあっているのは最悪だと、頭の片隅で思った。

二人はしばらく睨み合っていたけれど、やがて田中さんの方が椅子に座り直した。それを確認してから、相沢さんは私の方に近づいてきて頭を下げた。

「田中がいきなりごめん」

「なんでお前が謝るんだ」

「だって、知らないって言ってるんだよ？　それなのにそんな風に問い詰めるのは、いくらなんでも良くないよ」

「そんなの、口から出まかせに決まってる……！」

再び立ち上がりかけた田中さんを、相沢さんが目だけで制する。

田中さんの視線はいまだに私を射抜くように鋭かったけど、それどころじゃなかった。

私はというと、こんなに田中さんが情に厚いところを見たことがなくて驚きつつも感動していた。

疑っていたわけではないけど、私が乗り過ごして学校に行けなかった時に心配していたというのは本当なんだろう。

口がちょっと悪いだけで、やっぱいい人なんだなぁ……。

「……なんで庇（かば）うの？」

座ったままだったけど、田中さんは納得がいってないらしい。

それもそうだ。私も不思議に思う。

相沢さんは、悪口を言われている側の人だ。

それなのに、知らないと本人が言っているって理由だけで悪口を言っているグループに入っている私を庇うのは、いくらなんでも優しすぎる。

「……最近、ルルさんがいないあのグループをよく見かけるんだ」

相沢さんは、ゆっくりと話し始める。

「その時、こっちを見てニヤニヤしているのはそうなんだけど……ルルさんの名前も、笑ってる中で聞こえてくるんだよね」

「え……？」

その言葉に、田中さんはもちろん私も驚いた。

どうして、そこで私の名前が出てくるんだろう。

「気のせいかもって思ってたんだけど……その、昨日休んでた時とか、すごく、名前聞こえたから……気付かなかった？」

問いかけられた田中(たなか)さんが、首を横に振る。

そんな、やっぱり、昨日は。

「だから……本当に、知らないんだと思う」

相沢(あいざわ)さんが、嘘(うそ)を言っているようには思えなかった。そもそも誰かを傷つける嘘をつけるような人じゃないはずだ。

だから、全部事実なんだろう。

相沢さんは、『ルル』も笑いものにされていることを知っていたんだ。

そしてそれはきっと裏ルルも一緒で、笑いものにされていることを薄々感じ取っていたんだろう。

知っていて、それでも離れられなくて、リスカするくらい苦しんでいた……？

そんなこと、あっていいの？

いくらなんでも、酷(ひど)すぎる。

自然と視線は下に下がり、上履きを見つめてしまう。

「あ、わ、え」

二人がなにも言えなくなっているっていうのが、空気で伝わる。けれど何を言えばいいのか分からなくて、ずっとうつむいてしまう。

「……次の時間って体育だけど。みんなでサボっちゃおっか！」

変に明るい相沢さんの声だけが、保健室に響いた。

○

あれから体育は本当にサボったけれど、後悔はない。

あのまま教室に戻っていたら、きっと私は泣いていたかもしれない。

泣いて、それを更に笑われてしまったらと思うと、震えてしまいそうなくらい怖かった。

けれど時間は過ぎて、五限目の終わりを告げるチャイムが鳴る。

「いざとなったら、保健室に来るといいよ。頼りないかもしれないけど私たちがいたりするし、先生も話を聞いてくれると思うから……」

去り際に田中さんは、そう言ってくれた。

「あんまり自分で自分を追い詰めないでね？」

「……うん、ありがとう」

今はそう返すしかなかった。

戻りたくはなかったけど、保健室から出て行く。

体育が終わったばかりの教室には、まだ誰もいない。

感情がぐちゃぐちゃになったまま急いで保健室を出てきたから、どんな顔をすればいいか分からない。

とにかく、泣かないようにしなくちゃ。

でも、そんな風に構えていると泣いてしまうかもしれない。

それなら、いつも通りを心がければいいんだろうか？

いや、それも無理がある。

信頼出来なくなった人の前で、以前のように振る舞える自信がない。

振る舞っていかなきゃいけないのは分かっていても、心構えも出来てない荒れきった心にそんなことは出来そうにない。

今日はひとまず、放課後までなんとか取り繕うしかない……。

「あ、ルル！　体調は大丈夫？」

「昼休み終わっても帰ってこなかったから心配したじゃん！」

そんなことを考えている間に、サナちゃんとユリアちゃんが帰ってきていた。

私の机を囲むように来てくれた。

「ごめん。なんか、思ってたより体調悪くて……」

そう言うしかない。

「風邪で休んでた次の日なんだから、仕方ないよ」

「でも今日の体育楽しかったから、ルルもいれば良かったのにねー」

「そうなんだ。良かったね」

頭の中に浮かぶ、私がいないから楽しかったんじゃないのという言葉を振り払う。

そういえばこの前の体育の授業でしたバスケットボールで、ユリアちゃんからもらったパスを上手(うま)く生かしきれずにそのまま相手チームにボールが渡ったのを思い出した。

あの時は大丈夫って言ってたけど……。

「そんなわけで今日、早めに帰宅するね」

「そっか、分かった！」

「今日も安静にしててね」

裏では中学でバレーをしてたはずなのに運動神経が悪いとか、言われてたりするのかな。

疑心暗鬼は、過去にも及んでしまう。

○

放課後に授業のノートを写したり、休んだ日に出た課題のプリントを早めに終わらせたりしなきゃいけないんじゃないか……。

そう思ったのは、HRが終わってからだった。

勉強のことをなにもかも忘れてしまうくらい、頭の中をかき乱されている。

全部最悪で、すべての占いが最下位だったのかもと思ってしまうくらいだ。

「じゃあ、また明日ね」

「うん。気をつけて帰ってね」

「明日もムリするなよー」

もう仕方ないことだと割り切って、言った通りに早めに学校を出て電車に乗った。

だというのに、未だに家に帰り着いていない。

「やってしまった……」

今度は、帰りの電車で乗り過ごしてしまった。

理由は分かっている。

電車の中で、これまでの反省とこれからについてをずっと考えていたからだ。

主に考えていたのは、反省することだけど……。

それに裏ルルに今日あった出来事について普段は誰にもしない長めのメッセージを送っていて、視界が狭くなっていたというのもあるだろう。

これは普段あまりしない考え事をするのはやめておけっていう、キツめのお告げだろうか？

いくら自分のミスだったとしても、そんな風に責任転嫁したくなるくらいキツいからやめてほしい。主に、お財布的に……。

せっかく普段は来ない駅に来たけど、今日はクレープを買ったりは出来そうにない。

帰りの運賃だけで、精一杯になってしまう。

こんなことになると分かっていたなら、一昨日（おととい）無性に食べたくてやったコンビニお菓子衝動買いをやめておいたのに……！

そもそもこの駅には何があるんだろうか？

あまり行かない方向の初めて降りた駅だから、よく分からない。

歩き回って同級生に見付かったらという気持ちもなくはなかったが、すぐに帰ってしまうのもつまらない。

私は自分の好奇心に従って、駅を歩いてみる。

なんにもないって感じには見えないけど、特に気になるものはない。

この駅は、利用する年齢層が高めなのかもしれないと思った。

駅から出て、それでも何もなければ引き返そう。素直に帰ろう。

そう思いながら駅構内を出ると、見覚えのある顔を見つけた。

よく似ているだけかもしれないと思ったけど、思わず私の口は声を出していた。

「あの、この前のクレープの……！」

そう、この前クレープ屋で話をしたお姉さんに出会ったのだ。

「あ……」

話しかけてしまってから、この世界では出会ってないんだと理解する。

けれど、出してしまった言葉は取り消せない。

案の定、壁にもたれかかってスマホをいじっていたお姉さんは怪訝そうな表情になる。

「え、なに？　たしかにクレープ屋で働いてるけど……」

「あ、えと、その」

咄嗟に言うことが思い浮かばない。

こっちの世界ではクレープ屋で働いてるんだ、と思ったけど、それも言葉にはならなかった。

それからお姉さんのほうが、納得したような声をあげる。

「もしかして、お客さん？　だとしたらごめんね。私まだ修業中の身で、お客さんの顔って全然頭に入ってなくて……」

お姉さんの中では、そういうことになったらしい。

変な風に受け取られなかったことに安堵して、私は頷いた。

「あ、そうなんですね。それはごめんなさい……」

「ううん。でも、なんか嬉しいな。わざわざ声かけてもらえるってことは、美味しかったってことでしょ？」

「あ、はい」

お姉さんの笑顔に、思わず頷いてしまった。

こっちの世界で、クレープは食べていない。だから嘘だ。だってこのタイミングで違いますなんて切り出せるわけない。

けど、向こうの世界で最後に食べたクレープは美味しかった。

あんまり美味しくないクレープを食べてから、休みの日にリベンジしに行ったんだっけ。安定のチョコバナナを頼んだら生地が本当に美味しくて、一人で感動したのは記憶に新しい。

こっちの世界でのお姉さんも、ああいうクレープを作ってたらいいなと他人事ながら思った。

「また、食べに行きます」

それはどちらのクレープ屋さんに対してか分からないけど、自然と言葉に出していた。

私がそう言うと、お姉さんはさらに笑った。去り際に手まで振ってくれて、やっぱり感じのいいお姉さんなんだなと嬉しくなった。

この世界は、必ずしも全部が悪いわけじゃないんだ。

結局あれから駅に戻って大人しく電車に乗ってユラユラユラと揺られながら、そう思う。

あのお姉さんは、向こうの世界よりもこっちのほうが輝いて見えた。錯覚かもしれないけど、そう感じたのは事実だ。

だから、この世界が全部を悪くしているわけじゃない。

たまたまこの世界の私もあんまり良くない状況に身を置かれているだけだ。

それは求愛性少女症候群がないにもかかわらず、私に元の世界に戻りたいと思わせるほどだ。

元の世界が、良いってわけじゃない。

選択肢が他にもあるんなら、そこを選ぶかもしれない。

けど、この世界にいるときっともっとダメになる。
裏ルルみたいに、リスカに走ってしまうかもしれない。
裏のナナやエリムみたいに、夜の街に居場所を求めてしまうかもしれない。
自分がそうなるのが、とてつもなく恐ろしく思える。
だから私は、元の世界に戻りたい。
……戻ったら、まず最初になにをしよう。
まだ方法すら分かっていないというのに、私の頭はそんなことを考えていた。
とりあえず、本当にクレープを食べにいこうかな。

◇日常からバイバイ

帰宅後。

ベッドに寝転ぶ。

シワになるかもしれないけど、今はそんなことを気にしていられない。

表のルルは、もう既に向こうのグループに馴染(なじ)めなくなってしまっていた。

近いうちにそうなるだろうとは思っていた。

今までずっと静かなグループにいた人間が、何もかもがうるさいグループに馴染めるわけがない。

それに、私には言いたくないって頑(かたく)なになるほどの嫌な出来事もあったらしい。

何度聞いても答えてくれないから詳しくは分からないけど……なんとなく、私が考えていることで合っているような気がする。

あのグループがやりそうなことって、大体分かるし。

そんなこんなで今は、SNSの通知にも怯(おび)えて暮らしているという。

あの音は、確かに怖い。

なんて返信しようか考えているうちも、音は鳴り止まない。

それがまるで追い詰められているような気分になるから嫌いだ。

自傷行為を始めた当初の私に、表のルルはなってしまったというわけだ。

つまり『ルル』という存在は、どうあってもあのグループには馴染めないいんだということが証明されてしまった。

それは、私が自傷行為に手を出してまで逃れたかった現実が本当に逃げたいもので間違いなかったのだと教えてくれている。

それについては安堵してしまうが、このままだと表ルルがどうなってしまうか分からない。

リスカする勇気もないと言っていたからそんなことはないと思うけど……もしも私の肉体がなくなってしまうようなことがあれば、とんでもないことだ。

意思の是非もなく、戻れなくなってしまう。

それに、ナナにも戻った方がいいと言われている。

ならばきっと、戻らなければいけない。

そのための、方法を探さなければ……。

誰かに言われて行動するのは正直嫌だけど、同じルルの名前を持った人間を見捨てることも出来ない。

あと、ナナみたいな美人の言葉には変に説得力があって怖い。

むしろナナがそう言ったせいで戻らないといけなくなっていてもおかしくはない。彼女は魔女か何かって言われても、今ならしっくりくる。

かと言って、元に戻る方法をすぐに見つけるなんて、そんなこと無理だ。

ナナとエリムは、簡単には頼れないだろうし……。

面白がって話くらいは聞いてくれるかもしれないけど、それが解決に至るとは思えなかった。

ナナが魔女なら魔法の力でなんとかしてくれればいいのにと思ったけど、彼女が人のためになることをするとは思えなかった。まさしく魔女だ……。全部妄想に過ぎないから、考えるだけ無駄だ。バカバカしい。

そして、相沢（あいざわ）さんや田中（たなか）さんに話すわけにはいかない。言ったって、まず信じてもらわなきゃ話にならない。仮に信じてもらえたとしても、彼女たちはナナやエリムより非力で何も出来ないだろう。

となると、私の知っている人には誰も頼れないことになる。

そんなことでどうにか出来るわけがない。

手詰まりだ。全部が全部、嫌になってくる……。

そこで、自分の手にハサミが握られていることに気がついた。

「きゃっ……!?」

思わず口からは悲鳴が溢（こぼ）れる。急いで手を放すと、床の上でカタンと音がした。

いつの間にか手にしていたリュックの中からハサミを取り出して、手に握っていたらしい。

私はこの体に、傷をつけようとしていた。

リスカを、しようとしていた……？

入れ替わってからそんな衝動がなかったから忘れていたけど、私は自分で自分を傷つけようとする人間だったんだ。

怖くなった私はハサミの入った筆箱を、部屋の扉の前に置いた。

それから扉を閉める。

変に思われるかもしれないけど、無意識のうちに傷つけてしまうよりマシだと思った。

念のために、机の上にもないかを見てみる。ないのを確認してから、クッションの上に力なく座った。

今の数分だけで、とんでもなく疲れてしまったような気がする。

自分の中の衝動を抑えるっていうのは、すごく難しい。

……いつからだろう。私が自傷行為をするようになったのは。

我に返った私は、これまでを振り返る。

けれど、いつからだったかは思い出せない。

自傷行為を始めた理由も、もう忘れてしまった。

それに、今は別に理由なんていらない。

ちょっと何かしてダメだと思ったら、自分のことを傷つける。そんなものだ。

今だって、しようとしていた。

そう、軽い現実逃避みたいなものだ。

そのくらい私の中ではごく当たり前の行いになっている。

けど、きっと理由自体は存在していたんだろう。

じゃなきゃ、自分のことを傷つけたいだなんて思わない。

多分グループの中で自分だけがなにもかも上手くいってないように思えたとか、そういう理由だったはずだ。

そんな感情なら、いつだって私の中に漂っているから。

それは、今だって変わらない。

なんで別の世界の私と入れ替わってるんだろう。改めて考えてみると、まったく意味が分からない。

入れ替わった先のこの体は、傷ひとつない。

私のものではないから、傷つけるわけにはいかない……。

私だって、最初は怖かった。

だからこそ、カッターを肌に当てた時の感覚は今でも覚えている。

スッと、思っていたよりも自然に刃は肌を傷つけた。流れ出る血と、走る痛み。

小さな傷だというのに、確かな痛みは私の脳に衝撃を与えた。

心臓はずっと、ドクドクと高鳴っている。

それまでに感じたことのない感覚に、私は自然と笑っていた。

笑っていることに自分でもどうかしているとは思ったけど、実際にそうなってしまったのだから仕方がない。

私は、自分の痛みに笑った。

自分で自分を傷つけて笑ったんだ。

その事実は、私が自分に傷をつけることを理由づけるのに充分だった。

流れた血を拭き取り、絆創膏を貼る。

変な位置だから、どうしたか親に聞かれてしまうかもしれない。なんて答えたらいいんだろうと思ったけど、適当に流すことにした。

もう私も高校生なんだ。親の質問に馬鹿正直に全部答える必要なんて、どこにもない。

でもまさか、自分で切ったとは露ほどにも思わないだろうな。

そんな度胸が私にあるなんて、自分でも思っていなかったことだから。

確かに怖いことだけど、それくらいしなきゃ私の中の激情は収まらなかった。

どうして私だけが上手（うま）くいかないの。

こんなに頑張っているのにどうして。

他の人たちと私じゃ、何が違うの。

とにかく毎日そんなことばかりを考える。しかもそれを向ける先なんてない。

地獄みたいな毎日だった。

表のルルは、そんな感情を制御しているっていうんだろうか。

それとも属しているグループが違うから、そんな感情を抱かないっていうんだろうか。

もっとすごい症候群っていうのに苦しめられているはずなのに？

どうして！

感情がまた昂（たかぶ）ってしまう。しかも相手は自分と同じ『ルル』だ。

そう、ルルだ。

「……どうしてじゃないよね」

自分に対しての感情を爆発させていると思うと虚しくなる。昂っていたものが、一瞬で消えてしまった。

表ルルに対して怒りをぶつけたって、何も収まらない。

ぼんやりと、天井を眺める。

そうは思っても、私の中にある激情は消えない。

リスカをしたい衝動を、必死に抑える。

「血が見たいと思うなんて、本当にヤバい人間みたいじゃん」

……いや、もうはたから見ればとっくにヤバい人間なんだろう。

じゃなきゃ、薬になんて手を出さないよ。

泣いてしまいそうになる。どこまで私はダメなんだ。

どうして、どうして上手くいかないんだろう。

これが全部私のせいなのかな？

私がうまく適応出来なかったから、身の程を知らなかったから？

身の程ってなに？　そんなの、分かるわけないじゃん。

どうしたら良かったの？

私は一体、どこで間違えたの？

答えと問いと嘆きが一緒くたに頭の中に浮かんでくる。

気持ち悪い。

外の空気が吸いたくなって、窓を開く。

入ってくる風は、冷たくも温かくもなかった。

どちらとも言えない空気でも、今は吸い込むと気分が少しはマシになっていくような気がする。

開けた窓から、空を見上げた。

もう少しで、煌々(こうこう)とした月が昇るだろう。

そういえば、占いの結果は月で今後は安定するだろうって話だったっけ？

全然安定してなくて、もはや笑ってしまう。

求めている安定のために、頑張らなかったせいだろうか？

毎日綱渡りをして生きているくらいギリギリの人間は、頑張ってるってカウントされないの？

どうして？

世の中は、意味が分からないことばかりだ。

リスカしたい衝動が、ふつふつとこみ上げてくる。危ない。怖い。

それに自傷行為は、普段の私がやっていることだ。きっと解決策にはなってくれない。

もっと大きなことをすれば、あるいは。

「……あ」

そこで私は、自分がする自分らしくないことを思いついた。

○

次の日の昼休み。私は屋上にいた。

いつか来た時と同じように、心地よい風が吹いている。

絶好の日だ。

この体を傷つけたくはないと思ってたけど、結果として傷つける羽目になってしまったのを心苦しく思う。

一番いいのは、二人とも元に戻ってこの体は無事であることだ。

……いや、せめて表のルルだけでも元に戻って、そして無事であってほしい。

そうなることを願いつつ、私は空を見上げる。

空には、白い月があった。満月に近い月は、静かに私を見下ろしている。

そういえば、なんで月が安定を表してるんだろう。ちゃんと聞いておけば良かったと思いつつ、聞いてもどうでもいいかもとも考える。

私の人生は安定しない。

ここも、私の理想じゃなかった。

地面を見下ろすのが怖くて、月を見上げながら何もない空間に足を踏み入れた。

そのまま、重力にしたがって私は落ちていく。

ルルと名前を呼ばれた気がしたのは、気のせいだろうか。

私の名前を呼ぶ声は、なんだか懐かしい。

その声が大きくなるにつれてこの胸に込み上げてくる感情は、一体なんなんだろう。

薄れゆく意識では、分からなかった。

▲心配には違いない

ホームルームで先生は、ルルと思わしき人物が屋上から身を投げたらしいということを言いました。

教室を埋めるのは悲鳴。

それもそうでしょう。同級生が身を投げるだなんて経験、したくはないものです。

それを聞いた時の私は至って冷静に、一体どっちのルルがそんなことをしたんだろうと思いました。

裏ルルだったらリスカをしていたと言っていたので、その延長線上かもしれないと考えました。そして、それが一番自然かもしれないとも考えてしまいました。

普段からリスカをしているのならば、自分を傷つけることに対して鈍感になっていてもおかしくはないでしょう。

もしくは、元の世界に戻ってしまうことに対する絶望も考えられます。

前に話した時に、彼女は元の世界に戻ることを躊躇(ためら)っていました。

リスカをするような現実に戻ってしまうくらいならば、いっそ身を投げてしまいたいと思うかもしれません。

なんにせよそこには、手首だけには留まらなかった感情があるのだろうということが分かります。

対して表ルル――本来こちら側にいるルルだったとしたら、戻って来たことに絶望して身を投げてしまったのかもしれないと思いました。

けれど、彼女にそんな勇気があるとは到底思えませんでした。

リスカをしているルルとは根本的に違う彼女が、そのように思い切ったことを出来るのでしょうか?

それには、して欲しくないという願望も含まれていたかもしれません。

もしも違う世界に行くことによってその『勇気』が芽生えたのであれば、なんてことだろうと思います。

それだったら、あまりにもむごいことです。

そんな勇気、芽生えなくっていい。

どうしてそんなことにならなければいけなかったのと、どこにいるのかも分からない今回の事件を引き起こした架空の存在に対して糾弾しそうになります。

「いえ……」

そこでふと、そこまでの感情を向けるまでもないのではないかと我に返りました。

私たちは、一時的に共犯関係を築いていただけです。

友達ではありません。

それなのにどちらのルルが落ちたんだろう、むごいことだと考えるのは無意味です。

ただの自己満足に過ぎません。

けれど、ルルは私の描いた漫画を褒めてくれました。

あの時の意外そうにしながらもすごいと言ってくれた表情は、今でも覚えています。

それだけで私の中では、彼女に対する共犯関係以上の感情があるのが分かりました。

だけど、それでも。

「心配なんだよね？」

いつの間にかＨＲは終わっていたらしく、私の目の前にはユズハが立っていました。

私の心中を知っているかのような彼女の言葉に、私は戸惑います。

普段はおちゃらけているのに、どうしてこんな時だけは勘が鋭いのでしょう。

しかも態度は普段と変わらず、何気ない口調で問いかけてきています。当然そうなんでしょうと、目が語っているのが分かります。

完全に無意識のまま、彼女は時折私の心の奥を突いてくるのです。

本当に末恐ろしい……。

「エリムがぼんやりしてたから代わりに先生に色々聞いたんだけど、屋上から飛び降りた子は無事に救出されて、今は保健室で寝てるみたい」

「え、そんな」

屋上から落ちたのであれば、救急車に乗せられていてもおかしくはないはずなのに。

どうしてなのでしょう？

「それが下にあった木に上手く引っかかったとかで、目立った傷はなかったみたい。今は意識を失って寝てるだけだって」

だとしても……。

学校としては、校内で飛び降りが起きただなんて公表したくないのは分かります。

それに救急車が来たとなったら、何事かと近所の人や生徒の保護者が問い合わせてくるのも誰だって予想出来るでしょう。

でも、そうだとしても、万が一のことがあるのにもかかわらず病院に送らないのはいかがなものかと思います。

ルルの身にもしものことが起きたら。誰だってそう考えるし、そっちの方が問題じゃないのでしょうか？

「……学校って、嫌ですね」

私は思わず、呟いていました。

「そんな顔するなんて、妬けちゃうな」

「え、そういうわけでは」

常識という範囲内での話をしているはずなのに、どうして妬けちゃうなんていう話になるんでしょうか。

よく分かりません。

「よし、心配なら見にいこうよ！」

「で、でも」

部活がありますし。

別に友達じゃありませんし。

そもそも、なんて声をかけたらいいのかも分かりませんし。

「お先に！」

「な、なんでユズハが！」

止めようとした私の言葉は一つも出ていかないまま、ユズハは軽い足取りで行ってしまいました。

私はしばし立ちすくんでいましたが、やがて保健室に向けて歩き始めました。

先生とすれ違っても怒られないように、けれどユズハに追いつけるように早足で行きます。

部活動の方は、事情を説明すれば理解してくれる先輩たちばかりなのでなんとかなるでしょう。それに、今は急がなければならない作品もありません。

表ルルか。

裏ルルか。

どんな理由で飛び降りようとしたのか。なにも分かりません。

けれど、ルルという存在が無事で良かったのだと思いたいです。

◆エピローグ

目が覚めた。

呼吸が荒い。

内容までは覚えてないけど、ずっと気持ち悪いような、とにかく嫌な夢を見ていたような気がする。

なんだか最近ずっと、こういう感じの目覚め方をしているような？

だとしたら嬉しくないなぁ、本当に。

「もう大丈夫なの？」

「えっ、と……」

いきなり知らない顔に覗き込まれて、私はドギマギする。

誰だろう。

見たところ保健の先生じゃなくて、生徒みたいだけど……。

もしかして、保健室の常連さんみたいな人なんだろうか。

事情により保健室登校をしている子で、先生の代わりも出来ちゃって……って、漫画じゃないんだから、そんなわけないよね。

そもそもそんな子がいたら、そういう噂が流れてないとおかしいし。

だとしたら、本当に誰なんだろう。

知らない人にじっと見つめられ続けると、居心地が悪い。かといって保健室のベッドからいきなり起き上がるわけにもいかず、動けずにいる。

「あの」

「ユズハ！」

「あ、エリム」

そこで、ちょっとだけ息を切らしたエリムが入ってきた。

ということは、彼女はエリムの知り合いなのかな？

そうだと思うと、見たことのある顔に見えてきた。

確か文化祭の時に、漫研の部員としてエリムと一緒にいたような気がする。

「もう。どうして先に行くんですか」

「あは、ごめんごめん。エリムの友達ってどんな子か気になったから」

「だから、友達じゃありませんって」

「なんでよー。前までよく話してたんなら、充分友達じゃん」

「そんなことないと思いますけど……」

「えー？　じゃあ私も友達じゃない!?」

「……もしかして、妬いてます？」

「それこそ誤解だよ！」

どうやら彼女は、エリムの友達だったらしい。

名前で呼び合っているから、相当仲がいいんだろう。

私には踏み込めない会話を目の前でされ、どうしたもんかと肩をすくめる。

けれどエリムが纏っている空気は、前よりかは穏やかになっている気がする。

それだけ漫研での活動が、彼女に良い影響を与えているんだろう。

ちょっとだけ、胸がちくりとする。

「でも、大丈夫そうで良かったです」

ふっとこちらを向いたエリムに、そう言われる。

彼女が心配して来てくれるとは思ってなかったから、かなり嬉しい。

でも、そんな時間があるのかは気になってしまう。

「エリム、部活は大丈夫なの？」

遠回しに、聞いてみた。

「あるにはありますけど……小林さんが見に行った方がいいと言ったから、そうかもしれないと思って来ただけです」

「そうなんだ。それでも嬉しいよ。ありがとう」

そう言えばすぐに部活に行くだろうと思っていたのに、エリムまでもが私の顔をじっと見てくる。

「もしかして、顔に何かついてる？」

「いえ、『本物』のルルなんだなと思いまして」

「あっ」

言われて思い出した。

私は今まで、別の世界のルルとして生きてたんだ。

エリムが不本意ながらも心配して見に来てくれて、なおかつ漫研にも入っている。

ならここは、間違いなく私がいるはずの世界だろう。

その事実に、心から安堵する。

けれど彼女は、まだ私の顔から目を逸らさない。

流石に恥ずかしくなってきた私は、かけていた布団で顔を隠した。

「あっ」

エリムは声を漏らして残念そうにしているけど、どういうことなのかさっぱり分からない私は混乱するばかりだ。

「本当に、なんでそんなに顔を見つめてくるの？　恥ずかしいんだけど……」

「あ、いえ……もしかして、良いことでもありました？」

恐る恐るといった様子で、エリムが問いかけてくる。

「どうして？」

本当にどうしてそんなことを聞かれているか分からず、問い返す。

「なんだか、憑き物が落ちたような顔をしていらっしゃるので、なにかあったのかと思いまして」

「憑き物って」

咄嗟に、別の世界に行くだなんて意味分からないことを経験したんだから、むしろ何かがついた方だよと思った。

けれど、そう否定することが出来なかった。

体は言われた通り、軽くなっているような気がしたからだ。

「覚えてないけど、そうかも」

「覚えてないけどって、なんですか」

エリムのごもっともな指摘に、私たちは笑った。

エリムは笑い方まで、柔らかくなっているような気がする。はたから見る分には、その方がずっといいと思った。それはきっと小林(こばやし)さんも同じことを思っているんだろう。私たちの会話を聞きながら、彼女はずっと柔らかく笑っていた。

「出来れば詳しく教えてくださいね。ナナも気になっているでしょうし」

笑った顔のまま一瞬で距離を詰められて、心臓が飛び出るかと思った。エリムは耳元でそう言うと、すぐさま離れていった。

嘘(うそ)のような儚(はかな)い言葉が、耳から離れない。

ナナに知られるのはちょっと嫌だけど、心配かけたのは事実だし話したほうがいいんだろうな……。

帰ってから、頭の中を整理して話してみよう。

「あ、でも、念のために近々病院で検査してもらった方がいいかもしれません」

「え、どうして?」

「とにかく、です」

彼女は力強い目で、そう言ってくる。

……そんなにひどい症状でここに来たんだろうか。

エリムの言うことだからか、信憑性（しんぴょうせい）がある。本当に行ったほうがいいのかもしれない。

病院に行くのが面倒なのは確かだけど、症候群じゃない体調不良なんてそんなの困るし。

そこで、保健の先生が入ってきた。

「じゃあ、私たちはこれで」

エリムともう一人の子は出ていく。

去り際に手は振らなかった。

それから先生に具合は大丈夫かどうかを聞かれた。

今のところは体のどこにも痛みを感じないと判断した私はお礼を言って保健室を出た。

先生も病院に行ったほうがいいって言ってたから、間違いないんだろう。今度早めに帰れる日って、いつだったかな……。

廊下を歩きながら考える。

流石（さすが）に、ナナは来ないらしい。

でも、きっと学校のどこかにはいるだろう。

もし今は学校にいなくても、明日からまた来てくれてたらそれだけでいい。

たまたま心配してくれたエリムの友達が、私たちの事情を知らなかっただけだ。

それかエリムが優しくなって、少しでも関わった私のことを気にかけるようになったっていう特殊なことが起きただけだ。

共犯関係は本来なら、相手を心配して保健室に行ったりしないだろう。

私だってナナが寝込んでいると聞いても保健室には行かないだろう……。

どうかな？

弱っている姿なんて貴重だと思うし、見に行っちゃうかもしれない。

でもそれは別に心配からのことじゃないし、私たちの関係にはあっていることだろう。

……そんな風に解釈しておこう！　うん！

そういえば、最後に向こうで何してたんだろう。

いつの間にか保健室にいたってことだけは分かるけど、その前が全然思い出せない。

唯一分かるのは、裏ルルが最後に保健室で寝たんだろうってことだけだ。

起きたらベッドで寝ていたしエリムや先生にも病院に行くように言われたけど、そのくらい体調が悪かったってことなのかな？

今は全然何にも感じないから、正直病院と言われてもピンとこない。

こういうのは、症候群のせいかもしれない。

私も症候群に罹った最初の頃は、人に触らないことが難しかった。

だって学校では頻繁にプリントを配るし、机の配置だって近い。

触れないように気をつけていたって、あんまり意味がなかったりする。

裏ルルにとってても難しかったせいで思った以上に人に触ってしまって、そのせいで体調が悪くなってたのかも。

そう考えるのが、一番自然かもしれない。

症候群って、やっぱり厄介だな。そう思う私の心は、なるほど確かに憑き物が落ちているかもしれなかった。

っていうか、私が戻れてるっていうことは向こうもそうなんだよね？

何か変なことになってたりしないかな？

大丈夫かな？

裏ルルに確認しようと、メッセージアプリを開く。

けれどメッセージ一覧にもう一人のルルの名前はなく、入れ替わる前となんら変わらないメッセージばかりがあった。

「あれ……？」

不思議に思ってスクロールしてみても、ルルを見つけることは出来ない。

念のために友達一覧を見ても、ルルの姿は見つけられなかった。

本当にお互いが戻ったかの確認もしたかったから、ちょっと残念だ。

彼女は自分の世界に戻れただろうか。

自分の世界で生きていこうと思えるだろうか。

聞きたいことが、山のように頭に浮かんでくる。

けれど彼女と連絡をとる手段はない。

他のアカウントも知らないし、あったとしてももう繋がるかどうか分からない。

まるで繋がっていたことが奇跡だったように、跡形もなく消えてしまった。

私は、その場に立ちつくす。

「全部、夢だったみたい……」

夢のように、信じられない。

大抵の人は、話しても受け入れてくれないだろう。

けれど、夢ではなく現実だった。

私は症候群のない世界に行って、症候群がないことが必ずしも幸福になるとは限らないと知った。

そうだよね？

答えを教えてくれる人は、もうこの世界にはいない。

私は本当に、自分の世界に戻ってきたんだ。

●それから

『っていうのが、今回の出来事の顛末(てんまつ)なんだけど……ちゃんと伝わった？』

『充分伝わりましたよ』

『小説にして、応募とかしてみたら？』

『え？』

『ちょっとは気にかけてくれる人がいるんじゃない？　リアリティ出せばいけるって』

「リアリティって」

スマホに送られてくるメッセージを見て、思わず私は呟(つぶや)いた。

そりゃあ、リアルに体感したことかもしれないけど……実際にそれを文字に起こすとなると、とんでもない文章力が必要になってくるだろう。

そんな力があったら、読書感想文や小論文で困ったりしてない。

『無理だって分かって言ってる？』

『そうでもないケド？』

「どうだかー」

変わらないナナの発言が、嬉しいようなそうでもないような。

とはいえこうやって話せるだけでも、喜ぶべきなんだろう。

元の世界の家に「ただいま」をした私は、SNSでナナとエリムと話していた。

エリムに詳しく教えてくださいねと言われてたことを思い出して、三人のメッセージグループに今回起きたことの簡単な顛末をまとめて話したのだ。

とはいうものの、途中までは裏ルルが話してくれていたので、私が話せることはあんまりなかった。

そんな彼女と連絡する手段がなくなったせいで、元に戻る前のことは曖昧になってしまったし……。

最後に自分が向こうの世界で何をやっていたのか、イマイチ思い出せない。

それに部屋を見回しても何も変わっていないから、本当に戻ってきたのか実感が湧いてこない。

こんな風にナナとエリムと話してるってことは戻ってきたんだろうけど……しばらくの間別の人間がいたとは思えない変わってなさだ。

匂いとかがもしかしたら変わってるかもしれないと思ったけど、そんなことはなかった。

向こうも今、部屋でこんな風にゆっくり出来ているだろうかと考える。

ゆっくり出来てたらいいけど……そうじゃない可能性もある。

明日の学校のことを考えて、嫌になっているかもしれない。

それは私も一緒だけど、向こうはもっと嫌だろう。

リスカ痕が増えている可能性だってある。

けれど、私には何も出来ない。

それどころか、そうやって可哀想に思うことすらおこがましいだろう。

だって私は、こっちの世界に戻ってきたことに安心しているんだから。

もう向こうの世界には絶対に行きたくない。そうなるくらいなら、ずっと症候群であった方がマシだ。

……というのは、言いすぎかもしれないけど。

こっちで出来る限りのことはやるから、もうどこにも送らないでほしいって思う。

漫画みたいな出来事は、これっきりで充分だ。

『それで今回のこれって、求愛性少女症候群だったと思う?』

ナナのメッセージに、私は首をかしげる。

そういう話をナナがしていたとは裏ルルから聞いていたけど、どうして求愛性少女症候群ってことになるのかが分からないとずっと思っていた。

『それって、どういうことなの？』

『言葉の通りだけど』

だとしても、よく分からない。

『症候群は、こっちの世界にしかないんじゃなかったっけ？』

『そうだってルル二人は言ってるけど、そうとは限らないじゃん？　もしかしたら向こうの世界での求愛性少女症候群第一号が、裏ルルだった可能性もあるかもよ？』

『……それには、誰も反論できませんね』

エリムの言うとおりだ。

裏ルルとの連絡手段がないから確認のしようがない。

そもそも、求愛性少女症候群についてこっちの世界で分かっていることも少ない。

どんなことが起きたっておかしくないという可能性だけが、世界に散らばっているようなものだ。

『それに、症候群じゃないものがこっちの世界に現れて、それの第一号に表ルルがなった可能性だってあるしね』

『うわ、考えたくない』

何個も大変なことが起きて嫌な目に遭う可能性があるなんて、この世界は一体どうなってるんだろう？

もうめちゃくちゃだ。私はクッションに顔をうずめる。

柔らかいクッションは、まるで私のことを受け入れてくれているように沈み込んでいく。

こんな感じに優しい世界だったらいいのに。

優しい世界には、裏アカもきっと存在してないだろう。

『……症候群じゃないものだとしたら、私たちにも何か問題が起きるかもしれないってことですか？』

『そうそう。可能性だけならあるよね。そもそも症候群も抑えられているだけで、なくなったワケじゃないんだし』

話題性は薄れてきているけど、症候群そのものの発症報告は絶えることなく日々ＳＮＳ上にあがってきている。

なくならない限り、発症しているという事実は消えないだろう。

『そうかもしれませんが……それは、困りますね』

『困る。けど、どうしようも出来ない。だから何か周りでもＳＮＳ上でも異変があったら教えてほしい。もちろん、アタシも教えるし』

「それって、もしかして……」

心臓が高鳴るのが、嫌なくらい分かる。

私は、震える手でメッセージを打ち込んだ。

『共犯関係を、再開するってこと？』

『そうなるかな。どう？　悪くない話だと思うけど』

共犯関係の再開。

あまり良くなっていない現状を思うと憂えるところがあったが、それを考えてもときめく響きではあった。

『いいと思います。どちらにせよ、このグループで話す機会が多いのも事実ですしね。もういっそのこと、友達になりますか？』

『それはナシ』

あっさりとナナは切り捨てた。

けど、その温度感が好きで集まっているところもあるんだ。

エリムもきっと、真面目には思ってないんだろう。

『それで、ルルはどうするの？』

ナナからの問いかけに、私は現実でも頷いた。

『いいと思う。これから先、何が起こるか分からないし』

『じゃあ、決まり！　みんな、一人だけ助かろうとか考えないでね』

『それはナナこそ言われてしかるべきだと思いますが……』

『そこはそこ！』

○

ルルからの報告を一通り聞き終わったアタシは、キリをつけるためにスタンプを送った。

『とりあえず、また今度ってコトで！』

メッセージを送ったのを確認して、スマホを閉じる。

今回の件が求愛性少女症候群だったかは、正直に言うとそこまで重要だと思ってない。

問題は、別の世界に送られるかもしれないっていう可能性が出てきたことだ。

意味が分からないけど、あのルルがずっと嘘をつきつづけているとは思えないから本当のコトなんだろう。

それはアタシにとって、ものすごく脅威になりうる。

せっかく読モの活動が活発になってきたっていうのに、そんなことに邪魔されている場合じゃない。

送られなくても、他の症候群じゃないなにかに邪魔をされる可能性だってある。それは悩みが原因で起きるものじゃないかもしれない。ただ、ランダムに人を選んでいるだけかもしれない。

症候群を恐ろしいと思わなくなっただけじゃ、満足だと言えなくなってしまったんだ。その対策として、ひとまず共犯関係を再開することにした。頼りないと言ってしまえばその通りだけど、あの二人といたから良くなったこともある。頼れるものは頼るにしたことはない。

私の夢を、誰にも邪魔させるわけにはいかない。

……そのためには、もう寝なくちゃ。

また明日から、本格的なことを考えていこう。

○

ルルによる報告とちょっとした話が終わり、私はスマホを閉じました。

「入れ替わり……いいかもしれませんね」

今回の原因が求愛性少女症候群であったとしてもそうでないとしても、心配ではあります。

しかし私の頭は、今度漫研のみんなと趣味で出す合同誌というものの存在でいっぱいになっていました。

今はそれに何を描くべきか、案を練っているところです。

勉強の合間にやると捗（はかど）るということが、最近になって分かってきました。人によっては授業中にもやっているようですが、そこは集中しないと肝心の成績維持が出来ないのでメモ程度に留（とど）めています。

それはさておき。入れ替わりネタは、漫研にある漫画の中でもやっているものがいくつかありました。それによって生じる勘違いを笑いに変えているものが多い気がします。

笑いに変えられるかは分かりませんが、突然体や立場が変わってしまった人の思考回路というものを、作品を考える中で想像してみたいとは思います。

あわよくばルルに話を聞いてみたいけど、難しいでしょうか……？

検討だけしておきましょう。

創作は、考えることばかりで楽しみが尽きません。

それにその合同誌というものは、即売会というイベントに出すそうなのです。

イベントでは、同じような志を持った方々の数々の作品が頒布される予定なのだとか……。

色んな作品が見られるなんて、楽しみすぎます。

また購入する予算は部員で分け合い、部室に置くことになっているので家に置いておくことの心配もありません。

楽しみのためにも、今は勉強をしなければ。

私は再びシャーペンを手に取って、参考書に取り組み始めるのです。

○

報告を終えて、私は一息つく。話すことは少なかったかもしれないけど、思い出すとすごいことが起きたんだと思わされる。

結局、今回の出来事は症候群だったんだろうか？

それとも、違う何かだったんだろうか？

最後まで、誰にも分からず仕舞いだ。裏ルルがもし分かっていたとしても、ここまで連絡がないってことは、私に教える術はないんだろう。もしくは教える気がないか。あるいはそれどころではないか……。

私もそれを知ることは出来ない。

改めて思ったのは、人間関係って面倒くさいということだ。一見楽しそうに見えるあのグループもこのグループも、内心ではみんな疲れているのかもしれない。そう思えるようになった今は、羨ましいって気持ちが半減した。

完全に羨ましくないってわけじゃないし、あのグループで楽しかったこともある。

ただ私は、今の距離感で充分だってことを学んだ。それは進歩だ。

だから、共犯関係の再開と聞いてから、ずっとドキドキしている。あの距離感は、すごく心地よかったからだ。

それ自体は嬉しいけれど、ナナの言うとおりもっと変なことが起きるようになったら？

もう漫画みたいなことはこりごりだって思っている。

とにかく、安定した日々を送りたい。

楽しくなくても、輝いてなくてもいいから平穏に暮らしたい。

私の願いなんて、それくらいしかないのに。

それなのに、どうしてだろう。

また、何か起きるかもしれないと思ってしまっている。

顔を上げれば、閉めてなかったカーテンの間に月が昇っていた。

何も起きませんようにと、月に願いを送るのであった。

あとがき

こんにちは、お久しぶりです。城崎(しろさき)と申します。

この度は『ベノム3』を読んでいただき、誠にありがとうございます。

これから読まれる方は、何卒(なにとぞ)よろしくお願いいたします。


今回は刊行まで長らくお待たせしてしまい、読者の方々にはもちろん、刊行に関わってくださった方々全員に本当に申し訳ない気持ちでいっぱいです。

また、時間がかかっても尚こうやって世に出すことが出来たのは読者の方々はもちろん、刊行に関わってくださった方々全員のおかげです。本当にありがとうございます。

もう二度とこのようなことがないように、気を引きしめて生きていきたいです。


私はこの上なくやらかしていますが、『ベノム　求愛性少女症候群』はコミック・ジーン様にてコミカライズの連載が始まっていたりとかなりすごいことになっているので、是非注目していただけると幸いです。

漫画で動くルルやナナ、エリムはライトノベルである本作とはまた違った印象を受けるので、新鮮な気持ちで読んでいます。これからの展開が楽しみです。

それでは続いて謝辞を。

担当のMさん。かいりきベアさん、のうさん、そしてこの本に関わっていただいたすべての方々に感謝を申し上げます。本当にありがとうございます。

それでは、また機会がありましたらお会いしましょう。

「ファンレター、作品のご感想をお待ちしています」

あて先

〒102-0071　東京都千代田区富士見2-13-12
株式会社KADOKAWA　MF文庫J編集部気付
「城崎先生」係　「のう先生」係　「かいりきベア先生」係

MF文庫J

ベノム3
求愛性少女症候群

2022年 7月 25日 初版発行
2024年 4月 10日 10版発行

著者 城崎
原作・監修 かいりきベア
発行者 山下直久
発行 株式会社 KADOKAWA
〒102-8177 東京都千代田区富士見 2-13-3
0570-002-301（ナビダイヤル）

印刷 株式会社 KADOKAWA
製本 株式会社 KADOKAWA

Printed in Japan ISBN 978-4-04-681408-1 C0193

●お問い合わせ
https://www.kadokawa.co.jp/（「お問い合わせ」へお進みください）
※内容によっては、お答えできない場合があります。
※サポートは日本国内のみとさせていただきます。
※Japanese text only

◆◇◇